Todos los libros de Linkgua Ediciones cuentan con modelos de Inteligencia Artificial entrenados por hispanistas. Pregúntale al chat de tu libro lo que desees acerca de la obra o su autor/a.

Para ebooks: Accede a nuestro modelo de IA a través de este enlace.

Para libros impresos: Escanea el código QR de la portada con tu dispositivo móvil.

Obtén análisis detallados de nuestros libros, resúmenes, respuestas a tus preguntas y accede a nuestras ediciones críticas generativas para una experiencia de lectura más enriquecedora.
La transparencia y el respeto hacia la autoría de las fuentes utilizadas son distintivos básicos de nuestro proyecto. Por ello, las respuestas ofrecen, mediante un sistema de citas, las fuentes con las que han sido elaboradas.

Juan Bautista Alberdi

Viajes y descripciones

Barcelona 2024
Linkgua-ediciones.com

Créditos

Título original: Viajes y descripciones.

© 2024, Red ediciones S.L.

e-mail: info@linkgua.com

Diseño cubierta: Michel Mallard

ISBN tapa dura: 978-84-1126-265-1.
ISBN rústica: 978-84-96290-82-2.
ISBN ebook: 978-84-9816-941-6.

Sumario

La vida

Juan Bautista Alberdi (Tucumán, 1810-París, 1884). Argentina.

Era hijo de un comerciante español y de Josefa Aráoz, de la burguesía tucumana. Su familia apoyó la revolución republicana; Belgrano frecuentaba su casa y Juan Bautista lo consideró un gran militar y un padrino, dedicando numerosas páginas a defender su figura. Esta actitud lo hizo polemizar con Mitre, y ganarse la enemistad de Domingo Faustino Sarmiento.

Alberdi estudió en el Colegio de Ciencias Morales de Buenos Aires y abandonó los estudios en 1824. Por esa época, se interesó por la música. Poco después estudió derecho y en 1840 recibió su diploma de abogado en Montevideo.

Fue autodidacta. Rousseau, Bacon, Buffon, Montesquieu, Kant, Adam Smith, Hamilton y Donoso Cortés influyeron en él. En 1840 marchó a Europa. Volvió en 1843 y se asentó en Valparaíso (Chile) donde ejerció la abogacía. En otro de sus viajes a Europa como diplomático, pretendió evitar que las naciones europeas reconocieran a Buenos Aires como nación independiente y se entrevistó con el emperador Napoleón III, el Papa Pío IX y la reina Victoria de Inglaterra. Mitre y Sarmiento lo odiaron.

Alberdi vivió entonces fuera de Argentina y regresó en 1878, cuando fue nombrado diputado nacional. Había sido diplomático durante catorce años. Las cosas habían cambiado: Sarmiento envió a su secretario personal a recibirlo y lo abrazó. Sin embargo, los mitristas impidieron que fuera otra vez nombrado diplomático, en esta ocasión en París. Murió en un suburbio de dicha ciudad el 19 de junio de 1884.

Este es un viaje de formación a Europa en el que se proyectan los fantasmas de la construcción de la República Argentina.

Viajes y descripciones

Impresiones en una visita al Paraná

Yo no amo los lugares mediterráneos y pienso que este sentimiento es general, porque es racional. Si el hombre es un ente social, debe huir de lo que es contrario a su sociabilidad. Me he visto en medio de los portentos de gracia y belleza que abriga el seno de nuestro territorio, me he sentido triste, desasosegado por una vana impresión de inquietud de no encontrar una playa en que pudiesen derramarse mis ojos; he creído habitar un presidio destinado a los poetas descriptivos.

Yo no sé si este sentimiento es común, pero nunca he podido pararme en las orillas de un río, sin sentirme poseído de no sé qué ternura vaga, mezclada de esperanzas, de recuerdos, de memorias confusas y dulces. He tenido envidia de preguntar a las aguas que pasaban de qué regiones procedían y a dónde iban. Las he visto pasar con envidia, porque yo amo todo movimiento. Me ha parecido que iban a otros climas más felices. Las playas de los ríos han sido siempre una musa, un germen de inspiraciones para mi alma, como para los estados un manantial de progresos. Y yo reconozco en este instinto algo de justo. Estas aguas que he visto pasar llevan un destino grande, van a engrosar el vehículo poderoso de la libertad y de la sociabilidad humanitaria: el océano. El océano es la unidad, el progreso, la vida misma del espíritu humano. Sin este lazo divino no fuera un solo y mismo hombre que vive siempre y progresa continuamente. Agotar los mares fuera sumir las naciones en la servidumbre y la barbarie. La libertad moderna de la Europa, es natural de una isla. La libertad como los cisnes y las musas ama las orillas de las aguas. Si las antiguas musas habitaron los bosques, las musas del día buscan los ríos y los mares. Hijas de la libertad y del progreso, aman la cuna de sus padres.

Un poeta americano ha hecho bien en pintar las facciones del desierto. Estas pinturas a más de un interés de curiosidad, reúnen el interés social. Aunque el desierto, no es nuestro más pingüe patrimonio, por él, sin embargo, debe algún día, como hoy en Norteamérica, derramarse la civilización que rebosa en las costas. El arte triunfará de nuestros desiertos mediterráneos, pero antes y después de la venida del arte, las costas del Paraná y del Plata serán la silla y el manantial de la poesía nacional...

Aunque el arte actual no sea la expresión ideal de la vida social, la profecía del porvenir, él no podrá profetizar un porvenir inmenso a la sociedad americana, sin darle un teatro adecuado, y este teatro no podrá ser otro que el borde de nuestros opulentos ríos. El egoísmo humano ha dicho Río de la Plata, queriendo decir: río de la libertad, de la prosperidad, de la vida. El Río de la Plata es hijo de dos ríos de poesía y de gracia, como para dar a entender, que la libertad y la opulencia de los pueblos son hijos de las musas.

Es a la faz de estas aguas famosas, en las márgenes del Paraná, donde yo escribo estas impresiones, que sus encantos producen en mi alma. He venido en busca de mi vida que sentía aniquilarse, como la voz humana en el silencio del desierto. El desierto es como nuestra vida, como nuestra voz, y si nos deja, la vida nos lleva el contento. La música es una revelatriz sincera de los secretos del alma, y para sondear el estado íntimo de los habitantes de nuestros campos solitarios, basta fijarse en el acento de sus melodías: son llantos de peregrinación y de soledad. Me he sentido renacer de un golpe a la vista celestial del Paraná. Lo he visto por la primera vez en una tarde apacible; se levantaba, la Luna, no como un objeto del cielo, sino como parte de las aguas, como flor luminosa que volaba a los cielos. Dejé caer una sonrisa involuntaria: la extrema belleza infunde un sonreír inefable. Me quedé repitiendo: ¡Qué gracia! ¡Qué belleza! ¡Qué majestad! Me acordé al momento de Lamartine, de Chateaubriand, de Didier, de todos los grandes pintores de la naturaleza. Si se viesen donde yo me veo, mudo de admiración me decía, qué Paraná no veríamos manar de sus plumas.

Aquellos bosques que nuestros campos echan de menos, y que los ojos buscan en vano a la vista de llanuras inmensas, han venido a colocarse en medio de las aguas. Bosques encantados, jardines flotantes, paisajes que la poesía no habría columbrado en sus sueños divinos.

Tengo a mis pies el cuadro, piso la soberbia ribera de San Pedro, que parece erguirse de vanidad de las aguas que custodia, desde aquí contemplo las isletas de flores en formas graciosas: veo diademas de flores que parecen mirarse en los espejos del río, flores coronadas de cristal: es un laberinto armonioso en donde las vastas láminas del río juegan con las guirnaldas azules, conciertos graciosos y risueños.

El entusiasmo que en su admirable instinto de civilización ha cuidado siempre de erigir sus templos en lugares dominantes, parece haber sido inspirado como nunca al plantar la cruz de Cristo en las orillas del Paraná, como astro aparecido en un nuevo horizonte, para avisar que ya vienen siglos de igualdad, de libertad de asociación para estos sitios. ¿Qué anuncia en efecto esta cruz que señorea estas orillas? Es el estandarte de la libertad y de la luz nueva, que llama a los hombres de este suelo a protestar a sus plantas, en favor de la civilización humana, es decir de la igualdad de la libertad, de la confraternidad de todos los hombres que la cruz de Cristo simboliza. Es la planta de la vida cuyas flores son la libertad y la igualdad, y cuyos frutos son los pueblos.

Un profundo silencio, no obstante, envuelve hoy día esta escena de mudez, y grana. Y no podríamos preguntar: ¿Qué significado tuvo aquella inmensa algazara de quince años, con que alborotamos el mundo y que hemos llamado revolución americana? Fue un albor primero y efímero no más, el primer canto del gallo de la libertad: un destello dulce del día del porvenir. La noche es larga como el día, todavía seguirán horas silenciosas, largas tinieblas que los espíritus enfermos confundirán con la noche, pero indudablemente la luz vendrá y brillará con un esplendor no conocido.

Entre tanto estos sitios duermen aún en brazos de un poético misterio. Este teatro espléndido, obra inédita del Creador está sin duda destinado al porvenir del mundo: los siglos de oro duermen bajo estas olas argentinas; siglos nunca vistos, piden lugares no conocidos como los peces de oro, que parten en silencio las ondas diáfanas, así las masas infantes del Paraná, ríen, juguetean y saltan con un cuidadoso silencio, como si temiesen comprometer el porvenir del mundo, revelando prematuramente, el teatro en que debe desplegarse un día.

Lleno de una ferviente y exaltada fe en el porvenir humano, que en este instante preocupa mi espíritu, me siento sumergir en un éxtasis divino que me transporta a aquellos días afortunados. Yo veo ya estas riberas coronadas por guirnaldas airosas de edificios de una arquitectura, cuya simplicitud simétrica, simboliza un mundo despejado de todo género de jerarquías. Yo veo descender como las perlas de la aurora, a las graciosas argentinas sobre las márgenes del Paraná, en aquellas tardes perfumadas, que caen en pos de un Sol punzón. Yo veo esmaltarse los espejos del río de los infinitos colores de los vestidos de las jóvenes que invaden las aguas en elegantes góndolas de variadísimos pabellones. Las veo abordar los parques encantados, que ha levantado el arte, en la más vecina de las islas. Veo descollar más atrás la frente majestuosa de los edificios levantados en las más apartadas islas.

Aturde mis oídos el torrente estrepitoso de buques de vapor que suben y bajan la inmensa riqueza de nuestra industria. Confunde mis ojos la infinidad de banderas amigas que pululan sobre nuestras aguas. Yo admiro, en fin, la vida, la actividad, la abundancia, derramarse con profusión maravillosa, con una observancia inconcebible. Me imagino una atmósfera nueva, un mundo desconocido, leyes, instituciones, ideas, formas que hoy solo viven en las especulaciones honradas del genio; oigo hablar del siglo XIX como hoy de la Edad Media, oigo hablar de la Europa actual, esta Asia moderna, como hoy del Oriente y de la Asia primitiva. Y todavía oigo la voz infatigable de la filosofía, que profetiza y concibe tiempos y mundos más avanzados y perfectos todavía.

Aquí una campana lúgubre viene a eclipsar mis visiones, la campana de la noche que llama a la oración, esta preparación austera de los tiempos futuros. El acento que hoy me despierta para quitarme las grandezas que sueño, en otro tiempo me ha despertado para darme las que no soñaba. ¿Quién de nosotros que tenga un corazón que palpite al nombre de la patria, no se acuerda allá en los primeros días de nuestras glorias, muchas veces en la mitad de una profunda noche, de haber oído el eco majestuoso de una campana para anunciar que la espada de Belgrano o San Martín había roto un eslabón más de la cadena de nuestra servidumbre? Horas de gloria, momentos inmortales ¿habéis fugado acaso para no volver jamás? Son tantas las veces que las campanas han saludado las glorias nacionales, que sus acentos ya no pueden escucharse, sin que cien ecos respondan en el alma. Así las campanas han venido a poseer dos idiomas, el de la religión y el de la patria. Que Dios preserve nuestros corazones de olvidar jamás la clase de estas sagradas cifras.

Figarillo.

Memoria descriptiva de Tucumán

Advertencia

No obstante el título que lleva esta memoria, el lector no busque más en ella que un corto número de apuntaciones sobre Tucumán mirado por el lado físico y moral de su belleza. En una residencia de poco más de dos meses, y con objetos muy diferentes, apenas tuve tiempo para ensayar rápidamente un objeto sobre el cual tengo esperanza de volver con más lentitud en otra oportunidad. Así, pues, ni el naturalista, ni el historiador, ni el poeta mismo, cuya pluma parece que yo hubiera usurpado, tiene que reclamarme una sola de las inmensas preciosidades que brinda a su consideración aquel riquísimo suelo.

¿Se me dirá que este escrito es inútil porque no trata más que de bellezas? Yo creo que un país no es pobre con solo ser bello; y que la historia de su belleza, en consecuencia, no puede ser insignificante. Estoy cierto, por otra parte, que, semejante objeción no me será propuesta por hombres como Buffon, Cabanis, Humboldt y Bompland que jamás pudieron ver separado el conocimiento de la fisonomía de la naturaleza en diferentes regiones, de la historia de la humanidad y de la civilización.

Se me objetará también que yo no veo en Tucumán más que hermosuras. Contestaré que yo no he querido ver otra cosa. Sé que Tucumán como los objetos más hermosos, no carece de lados imperfectos. Pero dejo a sus enemigos el cuidado de retratarlos. No sostendré que sus cuadros serán inexactos; pero no se concluirá de ello que los míos no son ciertos.

Es tan extrañamente bello y tan ignorado Tucumán, que es difícil escribir sobre él, sin riesgo de no ser creído. Pero la idea de que nadie me dará crédito sino los que le conocen, me alienta mucho. Así pues, los que piensen que este escrito no es más que un trozo de imaginación que me ha hecho producir el deseo de aplausos, tienen que corregir su juicio. Es demasiadamente hermoso Tucumán para que necesite el auxilio de mi triste ingenio. No es el amor a la gloria, sino el amor a la patria el padre de esta publicación, porque mi objeto es extender el nombre de Tucumán y no el mío. Si no fuera este un escrito histórico al frente del cual es menester que vaya un nombre para responder de las noticias que refiere, nadie sabría quién es el autor; porque al paso que me lisonjea el convencimiento de la importancia de las cosas que cuento, ninguna confianza tengo, por otra parte, en el estilo de que me sirvo.

Sección primera. Rasgos fisonómicos de Tucumán

Singularidad, extensión de la provincia de Tucumán. Situación pintoresca del pueblo. Amenidades y bellezas que le circundan. Montañas de San Javier. Autoridad extranjera que testifica estas relaciones

Por donde quiera que se venga a Tucumán, el extranjero sabe cuándo ha pisado su territorio sin que nadie se lo diga. El cielo, el aire, la tierra, las plantas, todo es nuevo y diferente de lo que se ha acabado de ver.

Semejante originalidad no podía conservar Tucumán siendo muy grande. Así es que, toda su extensión territorial no pasa de sesenta leguas de Norte a Sur y cincuenta de Este a Oeste. Algo distante de la áspera falda de los Andes, está vecino a una ramificación que se desprende de aquella gran cadena de montañas, la cual extendiéndose longitudinalmente por el costado occidental de la provincia, da origen a veinticuatro ríos que con un gran número de arroyos, manantiales y acequias, fertilizan abundantemente todo su territorio.

Fundose el pueblo de Tucumán a las orillas del Sali, o río del pueblo, que algunos accidentes naturales alejaron a una legua de la ciudad. El espacio abandonado sucesivamente de las aguas, se ha cubierto de la más fecunda y grata vegetación, de manera, que puesto uno sobre las orillas de la elevación en que está el pueblo, ve abierto bajo sus pies un vasto y azulado océano de bosques y prados que se dilata hacia el oriente hasta perderse de vista. Este cuadro que se abre a la vista oriental de Tucumán, de un carácter risueño y gracioso contrasta admirablemente con la parte occidental que, por el contrario, presenta un aspecto grandioso y sublime.

Son encantadores los contornos del pueblo; alegría y abundancia no más se ve en los lugares donde en las grandes ciudades no hay más que indigencia y lágrimas. No es el pobre de Tucumán como el pobre de Europa. Habita una pequeña casa más sana que elegante, cuyo techo es de paja olorosa. Un vasto y alegre patio la rodea, que jamás carece de árboles frutales, de un jardín y un gran número de aves domésticas. A la vista de estas moradas felices, se abren los más amenos y risueños prados limitados por bosques de poleo más amenos y gratos todavía. Unas y otras son fertilizadas por acequias abundantes, cuya alegre vista, no revive menos nuestras almas que las plantas. No puede visitarse estos sitios en la hora de ponerse el Sol, sin sentirse enajenado y lleno de recuerdos y esperanzas inmortales. Después que el Sol se pierde detrás de las montañas occidentales, todavía las montaña del Norte conservan en sus cumbres los últimos rayos de luz. Este cuadro nos recuerda la mañana del día, así como la agonía del anciano nos trae a la memoria la mañana de su vida.

Recorriendo aquellas cercanías vi que los carpinteros de Tucumán no trabajan a la sombra destemplada de largos y tristes salones. La vasta y húmeda copa de un árbol les ampara de los rayos del Sol, pero no le impide tender la vista por las delicias que le circundan. Mil pájaros libres y domésticos cantan en torno suyo. Perfume de cedro y arrayán arrojan sus manos que casi no tocan otras maderas.

Una de las bellezas que arrebatan la atención del que llega a Tucumán son las faldas de las montañas San Javier. Sobre unas vastas y limpias sábanas de varios colores se ve brillar a la izquierda un convento de Jesuitas que parece que estuviera suspendido en el aire. Sigue al Norte la falda de San Pablo, cuyo declive rápido deja percibir el principio y fin de unas islas de altísimos laureles que lucen sobre un fondo azulado. Una vez penetré los bosques que quedan al occidente del pueblo por una calle estrecha de cedros y cebiles de quince cuadras, al cabo de la cual, abriose repentinamente a mis ojos una vasta plaza de figura irregular. Este lugar es la Yerba Buena. Es limitado en casi todas direcciones por los lados redondeados de muchas islas de laureles, por entre los cuales a veces pasa la vista a detenerse a lo lejos en otros bosques y prados azules. Al oeste es coronado el cuadro por las montañas cuyas amenas y umbrosas faldas principian en el campo mismo. Quise penetrar esta floresta. No fui más sorprendido al ver la pintura que hizo el cantor del Edén, de la entrada del Paraíso. Unos laureles frondosos extendieron primeramente sus copas sobre nuestras cabezas. Un arroyo tímido y dulce se hizo cargo de nuestra dirección. Semejante guía no podía conducirnos mal. Adornaban sus orillas unos bosquecitos de una vara de alto de mirto, cuyas brillantes y odoríficas hojas lucían sobre un ramaje de una limpieza y blancura metálica. Poco a poco nos vimos toldados de una espléndida bóveda de laureles, que reposaba sobre columnas distantes entre sí. Me pasmaba la audacia de aquellos gigantescos árboles que parecía que pretendían ocultar sus cimas en los espacios del cielo. Bajo este otro mundo de gloria se levantan a poca altura con increíble gracia, mil bosquecillos de mirto de todas edades, lo que me representó a las musas bajo el amparo de los héroes. Un dulce y oloroso céfiro agitaba el cielo de laureles y descendiendo sobre nuestras cabezas vulgares una lluvia gloriosa de sus hojas, usurpábamos inocentemente un derecho de Belgrano y de Rossini. Como en las obras maestras de arquitectura, nuestras palabras se propagaban, o como si las musas imitadoras nos las arrebataran para repetirlas en el seno de los bosques.

Hallamos una colmena en el tronco de un árbol. Hachose el tronco, bamboleó el árbol, declinó con majestad, y acelerando progresivamente su movimiento, tomó por delante otros árboles menores y se precipitó con ellos con un estrépito tan sublime y pavoroso como el de un templo que se hunde. Pero las ruinas del palacio natural, no así como los del hombre, arrojaron perfumes deliciosos. Al tomar mi caballo quise apartar un lazo de flores que caía sobre el estribo, y alzando los ojos vi, suspendida en él, una bala de miel que no quise tocar.

¡Cuánto más hubiera venerado la divinidad el que cantó la pérdida del primer hombre, si hubiera sabido que las maravillas que él miraba como ricas creaciones de su ingenio, no eran sino cosas muy pobres respecto de las que muy positivamente derramó allí la mano poderosa! Uno de los mayores prodigios de aquellos objetos, y que escapa de la pluma más delicada, es un cierto arreglo y distribución maravillosa que nuestra triste geometría llama desorden, sin embargo que de él nace aquel manantial inagotable de bellezas que no deja que uno acabe de ser sorprendido jamás por una variedad de objetos tan ilimitada y vasta como la naturaleza.

No me parece que sería impropiedad llamar al monte que decora el occidente de Tucumán, el Parnaso argentino; y me atrevo a creer que nuestros jóvenes poetas, no pueden decir que han terminado sus estudios líricos, sin conocer aquella incomparable hermosura. A lo menos existe la misma razón que indujo a los griegos a poner la morada de las musas en el Parnaso, pues que el monte de San Javier es una fuente no menos fecunda de inspiraciones, de sentimientos y de imágenes poéticas. Sea que se contemple su perspectiva total desde el pueblo, sea que se recorran sus faldas o sus cumbres, cada día, cada hora, cada momento presenta cuadros tan nuevos y únicos como sublimes y bellos. Una nube flotando a lo largo de las montañas en la hora del occidente del Sol, produce en su dorado curso cuantas bellezas y caprichos es capaz de producir la imaginación más rica y más loca del mundo.

Si desde la cumbre vuelve uno los ojos al oriente, todo el territorio de Tucumán queda bajo sus pies como un palmo de tierra, los ríos como cintas de raso blanco, y la ciudad como un pequeño damero. Vuélvense los ojos al poniente, y queda uno con el cerro que tiene bajo sus pies como un pigmeo miserable, delante del Aconquija cuya eminencia solo es posible admirar desde la cumbre de los otros cerros. Allí no hay más monotonía que la de la variedad. Cada paso nos pone en nueva escena. Un aire puro y balsámico enajena los sentidos. No hay planta que no sea fragante, porque hasta la tierra parece que lo es. Los pies no pisan sino azucenas y lirios. Propáganse lenta y confusamente por las concavidades de los cerros, los cantos originales de las aves, el ruido de las cascadas y torrentes. Repentinamente queda envuelto uno en el seno oscuro de una nube y oye reventar los truenos bajo sus pies y sobre su cabeza y se encuentra envuelto en rayos, hasta que impensadamente queda de nuevo en medio de la luz y la alegría.

Ruego a los que crean que yo pondero mucho, se tomen la molestia de leer un escrito sobre Sudamérica, que el capitán Andrews publicó en Londres en 1827. Advirtiendo que el testimonio de este viajero debe ser tanto menos sospechoso cuanto que pocos países le eran desconocidos, y que su carácter no dio motivo para creer que fuera capaz de mentir por mero gusto. Y adviértase que los juicios de mister Andrews no son como los míos, sino que son comparativos. No dice como yo, que Tucumán es bellísima, sino que dice «que en punto a grandeza y sublimidad, la naturaleza de Tucumán no tiene superior en la tierra»; «que Tucumán es el jardín del universo». Yo me dispenso de citar más a mister Andrews porque todo su artículo relativo a Tucumán se compone de expresiones semejantes; y para que no se me tache de parcial creo que aquellas pocas palabras son suficientes.

Sección segunda. Continuación de la sección anterior
Invierno y primavera de Tucumán. Símil sobre ella. Locura
y alegría de las naves. Explicación poética de este fenómeno.
Cuadros de la naturaleza. Descripción del crepúsculo y de la
noche. Ocurrencias sociales que contribuyen a su hermosura.
Orden de las lluvias y bellezas que él produce

He oído decir en todas partes que en invierno la naturaleza muere, lo he oído también en Tucumán, pero allí me
ha parecido esto inexacto. Tengo que cometer un robo a la
poesía para dar una idea del invierno de Tucumán, porque
el único objeto que yo encuentro semejante al aspecto que
aquella naturaleza presenta en tal estación, es Venus dormi-
da. Sí puedo hablar así, la naturaleza cierra sus ojos, pero
respira gracias y encantos en medio de un sueño. Propiamente no hay invierno en Tucumán, y el número de días fríos no
es sino muy limitado. Por lo regular la temperatura no es más
que de una agradable frescura. Rara vez llueve y muchísimas
flores se burlan del hielo.

En la patria favorita de las flores y los pájaros, la primavera no puede ser sino maravillosa. Supóngase que una visión
celestial viene a turbar el reposo de Venus, y despierta de
repente de un sueño con la risa en la boca y la alegría en
los ojos, tendremos entonces una imagen aunque pequeña,
pero semejante de la primavera de Tucumán. Lo que prin-
cipalmente lleva la atención, es, los bosques inmensos de
naranjos; que casi rodean el pueblo, cuyas copas visten tan
profusamente de flores que parecen nubes de azahar. Bajo
esta niebla de perfumes, el alma se enajena. Parece que los
pájaros embriagados con los olores, se vuelven más locos, y
con sus inquietas alas derraman las flores que caen en lluvia
celestial.

Se nota efectivamente en los pájaros que trae la primavera, una especie de locura y enajenamiento que pierden entrado el verano, cuyo significado solo puede ser comprendido por el que ha vivido largo tiempo lejos de su patria, o por el que es capaz de conocer y sentir toda la hermosura de los siguientes versos del hijo de Racine:

Los que temiendo nuestro crudo invierno
van a acogerse a más templado clima,
no dejan que sorprenda entre nosotros,
la rígida estación a su familia.
La marcha general queda resuelta,
por el sabio consejo y los caudillos,
el día llega: parten, y el más joven,
pregunta acaso, al recorrer el sitio,
que le vio nacer, ¿cuál primavera,
será aquella feliz en que el destino,
nos torne a ver los paternales campos?

Ha vuelto pues la primavera apetecida y con lágrimas sabrosas el viajero saluda después de su larga peregrinación los dulces campos paternales. Entonces no canta sino llora de amor al recorrer el nido en que nació, el río, el árbol, el prado de los juegos de su infancia, y de sus primeros amores.

No todos los árboles florecen a un tiempo. Primeramente asoma la aurora de la primavera en la cima de los lapachos que se tiñen de rosa. Después dan la señal los aromos que se vuelven de oro todo enteros, antes de mostrar una hoja, y lucen aislados en los prados. Más tarde, por sobre la cima de los bosques bajos que limitan los prados, levantan sus copas de oro otros árboles que cargan sus ramas de unas grandes rosas amarillas. De manera que durante los meses de primavera, cada semana ofrece la naturaleza nueva decoración.

Los que salen a los campos de la ciudadela en la estación de las flores, tienen que dar antes su atención al tarco que existe en aquella orilla del pueblo. Este árbol de cerca de diez pies de altura, tronco limpio y poco tortuoso, antes de mostrar una hoja se viste todo entero de una hermosa flor morada, con tal copiosidad que a lo lejos parece un inmenso vaso de cristal violado. Un religioso tan querido de las musas como de la virtud, después de un paseo diario por las cercanías de la ciudad, acostumbraba volver a tomar mate debajo de aquel árbol, que él llamaba de la libertad, a la lluvia de sus flores que desprendían los pájaros y los céfiros. Algunos años después, estando en Buenos Aires, los recuerdos de Tucumán, sacaron de su pluma la siguiente estrofa, cuyos dos últimos versos no sé por qué gusto tanto de repetir.

> Pero, ¿a qué recuerdo instantes
> que mi hado infeliz no fija?
> ¡Oh! ¡Solitario Aconquija,
> dulce habitación de amantes!
> ¡Oh! ¡Montañas elegantes!
> ¡Oh! ¡Vistas encantadoras!
> ¡Oh! ¡Feliz Febo que doras
> tan apacibles verdores!
> ¡Oh días de mis amores,
> qué dulces fueron tus horas!

El nacimiento y la muerte del día son de una animación extraordinaria. Desde que el Sol comienza a ocultarse detrás de las montañas el occidente sufre en menos de media hora, la más rápida y fecunda cadena de metamorfosis en la que no desaparece un punto la púrpura, el oro, el violado y azul. Tíñese toda aquella parte del cielo y de la tierra de estos ricos colores, de suerte que parece que allí se ocultara la mansión de la eterna felicidad. Las montañas robando al día media hora de vida, el crepúsculo tiene en Tucumán media hora más que en otras partes. Al ver la morosidad con que se retira el día, se diría que él no abandona aquella deliciosa región, sino con suma pena y lentitud. Absorbiendo el cerro los últimos rayos del Sol que corren lánguidamente por la faz de la tierra a caer en nuestros ojos la púrpura de las nubes que coronan las cumbres, aparece de un rojo más luminoso y radiante, y toma el cielo un cierto brillo dulce como el de un espejo cubierto de un celeste y purísimo velo. Las montañas no aparecen negras ni sombrías, sino de un azul despierto y alegre. Reflejando las nubes que bajan en las cumbres sus dorados rayos sobre la sombra oriental de las montañas, se viste esta parte de un bello claro oscuro que determina en el aspecto de aquéllas una trasparencia sucesivamente semejante al cristal azul, a la porcelana, a la perla.

A la vista de estas incomparables maravillas, no le resta al ateo más que doblar su cerviz. Ya no es posible ser incrédulo por más tiempo, y todos los argumentos de Clave, Pascal y Paley vienen a ser nada respecto de aquella maravillosa escena en que la divinidad rasgando sus celestes velos descubre en fin su faz gloriosa y sublime.

La noche está llena de encantos. Su llegada es anunciada por una estrepitosa agitación en toda la naturaleza animal. Los pájaros nocturnos y reptiles que pueblan los bosques y acequias que circundan el pueblo, levantan un melancólico bullicio con sus monótonos cantos. Por ardiente que haya sido el día, las tinieblas vienen siempre acompañadas de una dulce y perfumada frescura.

Dilatándose el aire que reposa sobre las sábanas orientales que caldea el Sol, las columnas que gravitan sobre el hielo de las montañas, se desploman para acudir al equilibrio, y resulta de ello una corriente nocturna de aire que al paso que calma los fuegos del Sol, empapa el aire con los perfumes que levanta de los bosques floridos que circundan el pueblo. Nuestros sentidos se distraen recíprocamente y cuando reposan unos vigilan otros. De modo que sea porque la escasa luz de la Luna estrechando el dominio de la vista, ensancha el del olfato, o sea porque las flores seducidas por la frescura de la noche sueltan efectivamente más perfumes, es evidente que la luz de la noche viene por lo común acompañada de una brisa balsámica que parece el aliento de la diosa de las estrellas.

Estas circunstancias naturales deben todavía un mayor poderío a otras ocurrencias sociales de que muy frecuentemente vienen asociadas. A la entrada de la noche tocan llamada los cometas. Para el hijo de un pueblo guerrero, cuya historia está llena de recuerdos tristes y gloriosos, ¡qué fuerza no tiene esta inexplicable música! Más tarde unas campanas de hermosa sonoridad llenan los aires de una melancólica alegría. Entonces vuelven a la memoria los recuerdos tristes y alegres de las pasadas glorias de la infancia y de la patria.

Hasta el orden de las lluvias es el más conducente para la hermosura del clima. En invierno en que poca falta hace el agua, rara vez llueve en Tucumán. En verano en que el agua es tan apetecida, casi no hay ocho días secos. Pero las revoluciones atmosféricas no duran por lo común más que uno o dos días. No es más notable el tránsito de las tinieblas a la claridad del día, que el de las sombras de la tempestad a los rayos del Sol que la siguen. Parece una nueva aurora que se levanta en medio del día. Toma la atmósfera una diafanidad tal que parece que destruye las distancias, y pone a la mano cuanto domina el ojo. No se puede contener una sonrisa de gusto que arranca la sorprendente belleza y magnificencia de las montañas occidentales. Vístense de turquí subidísimo infinitamente más lucido que el del cielo. El golpe de las aguas suelta el perfume de las flores y el viento dulce y fresco que sigue a la tormenta empapa el aire en aromas deliciosos. El cielo toma tan irresistible belleza que es capaz de conquistar el corazón más ateo.

La montaña más eminente, aparece envuelta completamente en nieve cuyo plateado brillo sufriendo a cada paso mil modificaciones bajo la influencia de los rayos inconstantes del Sol, ya parece de raso blanco, ya de plata, ya de cristal. Todo el occidente presenta un vasto y sublime cuadro cuyo conjunto es de un efecto digno de notarse. La montaña inferior presenta una faja azulada. Tras de ésta se eleva otro tanto la montaña nevada, que ofrece un faja plateada, sobre la cual pone el cielo otra turquí. De suerte que se cree ver el cielo y la tierra agotar de consuno sus gracias para formar la bandera argentina. A la izquierda, más a lo lejos, eleva su eterno diente el Aconquija y parece el asta de la bandera que parece flamear mirando al centro de la república.

Hacia la mitad del día cuando los rayos del Sol caen verticalmente sobre la tierra, algunos trozos de la montaña evitando el baño de luz por medio de su relación paralélica con el fluido brillante, aparecen o, como pedazos de un cielo poco claro, o, como nubes disfrazadas de plata. Entonces las partes más eminentes brillan completamente aisladas con un movimiento trémulo, que no es sino del aire, de manera que parecen tronos flotantes de cristal. Otras veces a la misma hora, el calor desenvuelve unos gases algo diáfanos que extendiéndose por sobre las cumbres de cristal, determinan en ellas un aspecto indeciso y confuso, y las barras de nieve que baña más plenamente el Sol parecen exhalaciones que corren en medio del día.

Me parece oportuno prevenir a mis lectores que tanto mister Andrews como yo hemos visitado a Tucumán en la estación más triste del año, y no hemos salido por los lados más hermosos de la campaña a más de tres leguas del pueblo. De manera que todo cuanto hemos pintado y descrito es tal vez nada respecto de lo que ofrece aquel suelo en mejores partes y en mejor estación. Por el mes de septiembre, yo puedo decir que he visto a mi patria como a una hermosa mujer que sale de su lecho con la alegría en el semblante, pero llena de abandono y desaliño. Ni he podido ver un río muy mentado por su hermosura, que atraviesa las praderías inclinadas de Ancasuli, cuyas aguas puras no es posible tocar sino después de haber pisado miles de azucenas y lirios, y de haber atravesado espesos bosques de cedrón. Tampoco he visto los bosques de rosas del Conventillo y otras mil preciosidades que me han sido referidas por personas cuya palabra es tanto menos suspecta cuanto que ni saben lo que es exageración ni poesía.

Sección tercera. Carácter físico y moral del pueblo tucumano bajo la influencia del clima

Extensión del dominio del clima. Elevación de Tucumán sobre el mar y su influjo sobre la temperatura y carácter de la atmósfera. Constitución geológica del terreno y sus resultados. Temperamentos comunes de Tucumán y sus causas. Carácter plebeyo. Anécdotas justificativas. Carácter de la primera clase. Consecuencias de esta diferencia. Caracteres comunes a ambas clases. Pintura de las tucumanas. De su sagacidad y las causas. Literatura análoga al genio tucumano y los motivos. Tendencia al liberalismo religioso y patriótico. Refutación de las teorías de Montesquieu relativas al poder físico y moral del clima. Papel de Tucumán en la causa de la independencia

Entre las circunstancias físicas capaces de obrar más poderosamente en el carácter físico y moral de los pueblos, tienen sin duda el primer rango los alimentos y bebidas, la naturaleza de los trabajos, el temperamento o constitución orgánica de los habitantes, y la naturaleza de las enfermedades, pero ¿cuál de esas circunstancias no está subordinada al clima? La naturaleza de los alimentos, bebidas y trabajos es determinada por el clima. El temperamento es determinado por los alimentos, bebidas, trabajos y clima. Las enfermedades se refieren a la clase de alimentos, bebidas, trabajos, temperamento y clima.

Tucumán está en la altura 260 toesas francesas sobre el nivel del mar, en 27° de longitud Sur y 66 de longitud Oeste. Esto es bastante para ver que la temperatura debe ser ardiente y húmeda, la vegetación fecunda y variada, los aromas abundantes. Si a esto se añade que su territorio está dividido por una cadena de elevadísimas montañas, y que la mayor parte de su terreno es quebrado, se sigue que la atmósfera debe estar expuesta a variaciones súbitas y violentas. No es costoso concluir un arreglo a este conjunto de datos, que la carne debe ser allí uno de los primeros alimentos porque las crías de ganados deben ser fáciles y abundantes; que las especerías, aromas y licores ardientes serán buscados con avidez porque distraída la sensibilidad por las multiplicadas y vivas sensaciones externas, las fuerza interiores desfallecen y quieren ser estimuladas; que los trabajos no deben ser activos, sino análogos a la pereza infundida por el calor y la abundancia. Ahora no es menester más que un ligero grado de observación para conocer que los temperamentos más ordinarios en Tucumán deben ser bilioso y melancólico, y las enfermedades más frecuentes las que se refieren a estos temperamentos. Pero no son necesarias sino algunas ligeras modificaciones en el temperamento bilioso para convertirle en melancólico. Si los trabajos sedentarios disminuyen el vigor del pulmón y del hígado, si la abstinencia de los licores espirituosos calma la actividad de esta víscera, y el uso más frecuente de legumbres, frutas y harinas disminuye el de la carne, tendremos un hombre bilioso convertido en melancólico. Tal es lo que sucede a los individuos de la clase pudiente en Tucumán. Así las dos grandes masas que componen este pueblo se diferencian por rasgos privativos, de los cuales se refieren unos al temperamento bilioso y otros al melancólico. El plebeyo tucumano tiene por lo regular fisonomía atrevida y declarada, ojos relumbrantes, rostro seco y amarillo, pelo negro crespo a veces, osamenta fuerte sin gordura, músculos vigorosos pero de apariencia cenceña, cuerpo flaco, en fin, y huesos muy sólidos. Sin embargo, bajo este aspecto insignificante abriga frecuentemente un alma impetuosa y elevada, un espíritu inquieto y apasionado, propenso siempre a las grandes virtudes o grandes crímenes: rara vez vulgar, o es hombre sublime o peligroso.

Si algún día se publica la historia política de Tucumán, puede ser que los laureles modernos no queden exclusivamente arrebatados por los héroes del Viejo Mundo. Entre tanto yo no puedo resistir al gusto que me lleva a referir algunos hechos nada singulares por otra parte en Tucumán.

Presenciaba el general Belgrano el ejercicio de tiro de cañón, y reparó que un foso de una vara de hondura abierto al pie del blanco estaba lleno de muchachos reunidos para recoger las balas. Viendo que aquellos insensatos, lejos de esconderse a la señal de fuego, esperaban la bala con un desprecio espantoso, el general incomodado y asombrado llamó un edecán y le dijo: «Vaya usted y arrójeme a palos esos héroes: que se dignen por piedad a lo menos hacer caso de las balas». No se puede objetar inexperiencia. Había ya algunos años que los muchachos gustaban del humo de la pólvora. He ahí la infancia tucumana.

Comprométese en Salta un artesano tucumano para asesinar al gobernador Heredia, bajo palabra de no revelar al inductor en caso de ser descubierto. Lo es efectivamente y despreciando las ofertas de la vida y del oro, muere serenamente sin confesión en la horrible duda de su suerte futura, antes que abrir su pecho a ningún mortal. De ese acontecimiento somos testigos todo Tucumán y yo.

El tucumano de la primera clase tiene por lo común fisonomía triste, rostro pálido, ojos hundidos y llenos de fuego, pelo negro, talla cenceña, cuerpo flaco y descarnado, movimientos lentos y circunspectos. Fuerte bajo un aspecto débil; meditabundo y reflexivo, a veces quimérico y visionario, lenguaje vehemente y lleno de imaginación como el del hombre apasionado, y lleno de expresiones nuevas y originales; desconfiado más de sí que de los otros, constante amigo, pero implacable enemigo, suspicaz de tímido, celoso de desconfiado, imaginación abultadora y tenaz, excelente hombre cuando no está descarriado, funesto cuando está perdido.

Una de las conclusiones que se siguen de estas observaciones es que el plebeyo tucumano es más apto para la guerra y el distinguido para las artes y ciencias.

Por grandes que sean por otra parte las diferencias que existen entre estas clases, ellas están no obstante sujetas a muchas circunstancias que son comunes a ambas.

«Los tucumanos en general, dice mister Andrews, poseen un espíritu varonil, y un alto sentimiento de honor. Son amables y hospitalarios especialmente con los ingleses. Dotados de un fuerte talento natural, parece que ellos no lo conocen. Jamás oí a un tucumano jactarse de otra cosa que de la belleza de su país.»

Toldados de un cielo feliz, envueltos en una atmósfera pura y perfumada, rodeados de gracias y encantos, los habitantes de Tucumán no pueden tener sino una sensibilidad ejercitada y despierta. Por esto sin duda se hallan por lo común dotados de insinuante fisonomía, voz dulce y sonora. Las mujeres de Tucumán tienen por lo común pálida la tez, ojos negros, grandes, llenos de amor y voluptuosidad, cuya mirada que parece una súplica o pregunta amorosa, es de una terrible dulzura. Su ordinaria constitución melancólica les da un pecho ligeramente metido, hermosa espalda, talle delicado, caderas algo avanzadas, cuyo conjunto muy frecuentemente reproducido en las inmortales producciones de Rafael, produce una hermosa mezcla de sensibilidad, candor, simpatía y encanto.

La revolución, cuyo azote ha sufrido Tucumán como ningún otro pueblo argentino, ha disminuido extraordinariamente el número de los hombres, de donde ha resultado un exceso proporcional de mujeres. De aquí viene, que tienen menos valor que en ninguna otra parte. De consiguiente, tienen también menos vanidad y presunción, y sin duda nace de aquí aquella sagacidad que ha excitado ya la admiración de muchos extranjeros, y que no le puede ser disputada por ninguna otra provincia argentina.

Ningún sistema literario hará más progresos en Tucumán que el romántico, cuyos caracteres son los mismos que distinguen el genio melancólico. Sentimientos, ideas, y expresiones originales y nuevas; pereza invencible que rechaza la estrictez y severidad clásica y conduce a un tierno abandono; imaginación ardiente y sombría. El romántico no ha recibido sus más grandes progresos sino bajo las plumas melancólicas de M. Staël, Chateaubriand, Hugo, Lamartine, y muchos escritores sombríos del Norte.

Se deja ver ya esta tendencia en las clases rústicas de Tucumán que careciendo de cultivo, no se les puede suponer contagio. Sus cantos y versos rudos todavía, están sin embargo envueltos en una eterna melancolía. Ninguna producción literaria ni artística se propaga más rápidamente en Tucumán que la que lleva el sello de la melancolía.

Cuando al hombre no le queda nada en la tierra no le resta otro amparo que consagrarse al cielo. Por eso el fanatismo es hijo de los países estériles y tristes. Pero las gracias voluptuosas y atractivas de Tucumán le despiden absolutamente. En pocas partes, sin embargo, es más sanamente amada la religión: y así debe ser, porque de nadie debe ser más amada la Divinidad que del suelo que su mano ha llenado de favores. ¿Cómo no ha de ser querida la virtud, por otra parte, donde la belleza y la gracia tienen su trono?

No echará jamás el despotismo raíces profundas bajo el cielo de Tucumán. Y la libertad allí tendrá su culto a par de las gracias y de las musas. Será rechazada la tiranía con todas las fuerzas de una sensibilidad que no propende sino a la sublimidad y grandeza. Si una temperatura casi siempre igual como observa Hipócrates, da a los asiáticos ese carácter de estabilidad que se encuentra en todas sus instituciones, una atmósfera continuamente variada y sujeta a frecuentes y precipitadas alteraciones, sostendrá en los espíritus argentinos y especialmente tucumanos y porteños una inquietud que desenvolverá sus facultades naturales.

Las reglas de Montesquieu relativas a la influencia del clima en la libertad y esclavitud de los pueblos, sufren tan frecuentes y numerosas excepciones, que es uno conducido a pensar, o que no existe semejante influencia, lo que no me atrevo a creer, o que Montesquieu la comprendió y explanó mal, lo que tentaré probar.

Verdad es, sin duda, que el calor hace perezoso al hombre y activo el frío. ¿Pero la actividad y pereza del cuerpo supone la del espíritu? Los hombres más vivos son por lo común de temperamento sanguíneo y nervioso, pero rara vez he visto semejantes hombres a la cabeza de los trastornos de la tierra. Bien perezosos son por lo regular los melancólicos y biliosos, pero ellos mueven la humanidad.

Es menester por otra parte no confundir la pereza con la calma. El melancólico no es perezoso; es de una calmosa actividad, si puedo hablar así. Su ardiente y fecunda cabeza le conduce incesantemente a un movimiento continuo. ¿De quién es por lo común la más grande ambición sino de esos hombres muertos en apariencia, pero cuya alma es un secreto volcán?

Si es insoportable el yugo del despotismo para el hombre acosado del frío y de la esterilidad, ¿por qué no lo será también para el que el calor mortifica? ¡No se puede soportar bajo un cielo abrasador el peso de la ropa, y se ha de soportar el del despotismo!

Yo invoco sobre todo el testimonio de los hechos. En medio de los hielos del Septentrión ¿no son los rusos tan esclavos como los orientales de Asia? Casi debajo de los fuegos del Trópico, ¡que vaya nadie a esclavizar a Tucumán!

Sábese que los grandes pueblos como los grandes hombres son la obra de los favores de la naturaleza unidos a los de la fortuna. Hemos visto más o menos rápidamente que el infante Tucumán posee eminentemente el primer elemento. Vamos a ver con no menos brevedad que no es más pobre en el segundo.

En los anales de Tucumán es menester ir a ver que la salvación de la libertad argentina es debida a la victoria obtenida en 1812, sobre el campo de la Ciudadela. Tienen que ir a Tucumán los que quieran visitar el templo bajo el cual en 1816 un congreso de héroes juró a la faz del mundo que amábamos más la muerte que la esclavitud. Todos estos hechos, al paso que prueban la fortuna de Tucumán, prueban también el crédito de nuestra causa a los ojos del cielo por haber dado a sus monumentos tan feliz colocación. Si no ha sido tan dichoso Tucumán en la guerra civil como en la nacional, no le pese; pues que toda victoria intestina equivale a una derrota.

Debe también Tucumán contar entre sus timbres una circunstancia muy lisonjera. Era el pueblo querido del general Belgrano, y la simpatía de los héroes, no es un síntoma despreciable. Cuando visitaba por postrera vez los campos vecinos a Aconquija, puso en aquella hermosa montaña una mirada de amor, y bajando el rostro bañado en lágrimas, dijo: «Adiós por última vez montañas y campos queridos».

Se ha notado que desde entonces los terremotos son más frecuentes. Tal vez son los llantos del monte. El general tenía encanto por aquella serranía. Quién sabe si no era nacido de la semejanza con la magnitud de su alma!

Sección cuarta. Monumentos patrióticos
Casa del general Belgrano, Campo de Honor, Ciudadela, Pirámide de Mayo, Alameda. Reflexiones originadas por la contemplación de estos objetos. Exhortaciones y consejos a la juventud argentina

Ya el pasto ha cubierto el lugar donde fue la casa del general Belgrano, y si no fuera por ciertas eminencias que forman los cimientos de las paredes derribadas, no se sabría el lugar preciso donde existió. Inmediato a este sitio está el campo llamado de Honor, porque en él se obtuvo en 1812, la victoria que cimentó la independencia de la república. Este campo es una de las preciosidades que encierra Tucumán. Prodigiosamente plano y vestido de espesa grama, es limitado en todas direcciones por un ligero y risueño valle hermoseado diversamente con bosques de aromas y alfombras de flores, de manera que presenta la forma de un vasto anfiteatro como si el cielo le hubiera construido de profeso para las escenas de un pueblo heroico. Mas a lo lejos es limitada la vista por los más dichosos e ilusorios bosques de mirto, cedro y laurel, cuyas celestes cimas diversamente figuradas, determinan en el fondo del cielo la más grata y variada labor. Todo su seno se halla ligeramente salpicado de aromas, de manera que cuando la primavera los pinta de oro y de verde el campo, es como si se tratara de remedar al cielo en gloria y hermosura. Este campo que hará eterno honor a los tucumanos debe ser conservado como un monumento de gloria nacional. Conmueve al que le pisa aunque no sea argentino. Más de setenta veces se ha oscurecido con el humo de la pólvora. Sea por el prestigio que le comunican los recuerdos tristes y gloriosos que excita, o sea por la elevación que dan a las ideas y los sentimientos las magníficas montañas que se elevan a su vista, es indudable que en este sitio se agranda el alma y predispone a lo elevado y sublime.

A dos cuadras de la antigua casa del general Belgrano, está la Ciudadela. Hoy no se oyen músicas ni se ven soldados. Los cuarteles derribados, son rodeados de una eterna y triste soledad. Únicamente un viejo soldado del general Belgrano, no ha podido abandonar las ilustres ruinas y ha levantado un rancho que habita solitario con su familia en medio de los recuerdos y de los monumentos de sus antiguas glorias y alegrías.

Entre la Ciudadela y la casa del general Belgrano se levanta humildemente la Pirámide de Mayo, que más bien parece un monumento de soledad y muerte. Yo la vi en un tiempo circundada de rosas y alegría; hoy es devorada de una triste soledad. Terminaba una alameda formada por una calle de media legua de álamos y mirtos. Un hilo de agua que antes fertilizaba estas delicias, hoy atraviesa solitario por entre ruinas y la acalorada fantasía ve más bien correr las lágrimas de la patria.

Pero estos objetos tienen para mí un poderío especial, y excitan recuerdos en mi memoria que no causarían a otra. El campo de las glorias de mi patria, es también el de las delicias de mi infancia. Ambos éramos niños; la patria Argentina tenía mis propios años. Yo me acuerdo de las veces que jugueteando entre el pasto y las flores veía los ejercicios disciplinares del ejército. Me parece que veo aún al general Belgrano, cortejado de su plana mayor, recorrer las filas; me parece que oigo las músicas y el bullicio de las tropas y la estrepitosa concurrencia que alegraba estos campos.

¡Y será posible que esto no sea más que ilusión mía! ¡Con que, la gloria nacional como sus monumentos, fueron y ya no son! Aquella grandiosa y azulada montaña ocultando un horizonte de oro y púrpura, enlutado por un manto violado y coronado de estrellas, me recuerda las glorias pasadas de la patria; y la triste naciente brillantez del cielo de la noche es la más exacta imagen del semblante melancólico que hoy presenta la historia argentina.

Yo no hablo con nuestros hombres del día, tan desgraciadamente desnudos por lo común de costumbres monárquicas como republicanas. Jóvenes que no conocéis más Sol que el de la libertad; ilustres hijos de las víctimas de la independencia, almas tiernas y candorosas, ¿podéis contemplar tranquilos los desastres de nuestra patria?

Atended un momento. Noticiaba yo a uno de nuestros ilustres revolucionarios un pequeño descubrimiento filosófico, a que me había conducido el ejemplo suyo en la senda de la libertad, y en la respuesta con que me honró, están estas palabras: «Si la feliz casualidad de haber sido mi juventud contemporánea de los célebres actos que han dado a nuestra patria su independencia, y la de haber sido mi patriótico entusiasmo de alguna utilidad para propagar aquel sentimiento creador, me hacen de algún modo interesado en los principios de nuestra gloriosa revolución, debo igualmente serlo en todo aquello que marque sus progresos, que haga sensible su benéfica influencia en la mejora y esplendor de nuestras generaciones sucesivas, porque éste fue el gran fin de aquella empresa, y el más dulce premio de aquellos riesgos y azares; y porque así los de aquella época vemos en ustedes a nuestros hijos cultivando y aprovechando los campos paternos, los campos que les conquistamos con el riesgo de nuestras vidas y esperanzas».

Otro hombre grande a quien la patria no debe sino inmensos beneficios, y al que la juventud argentina debe toda su cultura, dijo también en una carta que me hizo el honor de escribir: «Sí, la juventud y las generaciones que la sucederán, han sido el principal objeto de mis esfuerzos, y son los fundamentos de la incontrastable esperanza que me anima de la reparación del honor y crédito de mi patria y del restablecimiento de sus mejoras y progresos».

Por nosotros el virtuoso general Belgrano se arrojó en los brazos de la mendicidad desprendiéndose de toda su fortuna que consagró a la educación de la juventud, porque sabía que por ella propiamente debía dar principio la verdadera revolución.

Ved, pues, amigos, el papel que nos espera a los ojos de los padres de la patria, del mundo y de la historia. ¿Burlaremos ingratamente sus altas esperanzas? ¿Llenaremos de oprobio una obra en que se sacrificaron para nosotros? ¡Oh! No: augustas sombras de los mártires de la libertad, ilustres viejos de la Revolución de Mayo, no dudéis que vuestros altos designios serán coronados un día por la más bella juventud del mundo, cuyo celo reposa hoy en los brazos de la filosofía y de la libertad. Tornarán otra vez los claros y alegres días de la paz y de la concordia, y entonces cuando ya no haya más mira que la mejora y engrandecimiento de nuestra patria, vuestros ilustres bustos decorarán nuestras plazas públicas y vuestros augustos nombres, hoy olvidados y oscuros, ¡serán pronunciados con veneración y asombro!

Pero cuidado jóvenes amigos: no os equivoquéis. Comprenderemos mal los planes de nuestros padres, y nos descarriaremos del verdadero objeto, si apartamos un momento de nuestros ojos los consejos del más ilustre filósofo inglés, que, buscando en el vicio de las leyes la causa de la mayor parte de los males, propende constantemente a evitar el mayor de todos: el trastorno de la autoridad, las revoluciones de propiedad y poder. El instrumento con que trabaja es el gobierno existente: no dice a los pueblos, «apoderaos de la autoridad y mudad la forma del Estado», dice a los gobiernos: «Conoced las enfermedades que os debilitan, estudiad el régimen que puede curarlas: haced vuestras legislaciones conformes a las necesidades y a las luces de vuestro siglo: dad buenas leyes civiles y penales: organizad los tribunales de modo que inspiren la confianza pública; simplificad la sustanciación de los procesos: evitad los impuestos, las ejecuciones y los no valores: fomentad vuestro comercio por medios naturales. ¿No tenéis todos el mismo interés en perfeccionar estos ramos de administración? Calmad las ideas peligrosas que se han propagado en nuestros pueblos, haciéndole ver que os ocupáis de su felicidad: tenéis la iniciativa de las leyes, y este derecho solo, si le ejercéis bien, puede ser la salvaguardia de todos los otros: abriendo una carrera a esperanzas lisonjeras, reprimiréis lo licencioso de las esperanzas ilegales».

Veinte días en Génova

I. Plan de esta publicación. Algunas impresiones del
Atlántico y de las costas de Europa. Trafalgar. Gibraltar.
Tolón. Los Apeninos. Primeras impresiones de la vista
de Italia

En las impresiones de viaje en Italia, que sucesivamente daré
a luz, por el Folletín de El Mercurio, se notará que sobresale
como asunto dominante, la jurisprudencia. Tal ha sido, en
efecto, el asunto que con especialidad me propuse examinar
al visitar aquel país. Sin embargo, se concibe fácilmente que
me ha debido ser imposible llenar este objeto, sin tropezar
con multitud de otros, extraños a la materia de mi estudio,
cuya novedad no podía menos de impresionar vivamente mi
espíritu. De ahí es que, a mis impresiones forenses, si así
puedo denominarlas, se juntan otras de distinto género, que,
al paso que de ordinario interrumpen el curso de mi estudio
favorito, esparcen en él cierta amenidad, que hace más accesible el estudio de un asunto, de suyo no poco árido.

Un camino semejante será, pues, el que siga en la redacción de mis impresiones, a fin de que el lector le encuentre
tan fácil y agradable, como lo ha sido para mí.

De la jurisprudencia, esta materia que, al paso hace caer
de sueño los párpados del estudiante de derecho, arrastra
la afluencia de la multitud, y aún del bello sexo, a la barra
de los tribunales, no será ciertamente, los contratos y las
hipotecas la parte que nos ocupe. El folletín de un papel
mercantil, no puede hacer las veces de la cátedra universitaria, ni de un tratado de derecho. Para estudiar los contratos
y las obligaciones, no habría tenido necesidad de navegar
dos mil leguas; pues el código sardo y las ediciones comple-

tas de Pothier, atraviesan el Atlántico a razón de 6 y de 100 francos el ejemplar.

La jurisprudencia, como la moral y el arte, considerada en su mecanismo y organización material, tiene un aspecto bajo el cual puede ser historiada y descrita por el pincel, direlo así; tal es la parte que comprende los usos y costumbres del foro, el movimiento y fisonomía de la audiencia en los distintos países, las formas externas del debate, la manera de interrogar y deponer, la disposición del tribunal y su local mismo; la policía y disciplina del juicio, los usos de los abogados, el aspecto de la barra, etc. Esta parte descriptiva, que los establecimientos judiciarios de los diferentes países del mundo ofrecen con una fisonomía suya y peculiar, y de que los libros no son apropiados para dar una cabal idea, es lo que yo me propuse conocer, visitando los tribunales de algunas naciones de Europa, y con especialidad de Italia, por razones que expondré oportunamente.

Tal será el lado por donde considere la jurisprudencia, en la serie de artículos que me propongo escribir en el Folletín de El Mercurio. A este trabajo de descripción, acompañaré una reseña de la administración y gobierno de los Estados sardos; una noticia histórica de su actual legislación civil, del estado de sus trabajos de codificación general, y muchas otras consideraciones, que sin tocar a la parte externa y mecánica del derecho, estarán desnudas de la aridez por lo común inherente a estas materias.

Con la intención que he mencionado arriba, dije mis adioses al Río de la Plata, por el mes de marzo de 1843; adioses, sea dicho de paso, por los que no pido ni merezco compasión; pues mi correría atlántica debía tener lugar al través de los pintados mares de la zona tórrida, cuyo tránsito, más que un viaje, se asemeja a un prolongado paseo por los Campos Elíseos.

Era una mañana del mes de mayo, mes de primavera, en el otro hemisferio, cuando descubrimos las colinas de Andalucía, dulces al ojo, como las modulaciones de la Cachucha, y más dulces para los ingleses, pues a sus plantas corren las aguas del Trafalgar, ingratas aguas, que vieron subir las llamas en que ardió el estandarte dorado, que Albión no pudo envolver al cuerno de su orgulloso caballo.

El viento salía con vehemencia del Mediterráneo: pero nuestra embarcación no se arredró por eso. Esta feliz contrariedad nos procuró más bien el gusto de acercarnos y saludar, en una mañana, cuatro veces al África y cuatro a la Europa.

A las doce del día estábamos a un cuarto de milla de Gibraltar. La bandera de Albión, no diré flameaba, pues había sobrevenido calma, sino dormía, al pie de la roca de Calpe, anunciando modestamente el derecho británico, fundado en trescientas piezas de artillería. Enfrente, la linda Algeciras, parecía mirarse coquetamente en las cristalinas aguas del Mediterráneo y al Mediodía, la memorable Ceuta, este pedazo de España africana, parecía jurar venganza al pedazo de Britania española.

Dos días después de perder de vista la tierra de mis antecesores, divisé a pocas millas de distancia las montañas de Tolón; yo no puedo negar un saludo respetuoso a esta especie de Parnaso guerrero que dio inspiraciones, en su juventud, a dos hombres que más tarde influyeron en la suerte de ambos mundos. Napoleón y San Martín, como se sabe, ensayaron sus talentos militares en presencia de Tolón.

En la mañana siguiente, preguntando al capitán, qué montañas eran las que teníamos a la vista:

—Los Apeninos —me contestó—. Hoy deberemos desembarcar en Italia.

Voy a copiar literalmente las expresiones que escribía en presencia de los objetos mismos.

Esta prueba no es poco atrevida de mi parte; pero es el único, o a lo menos el más perfecto medio de que el viajero americano pueda valerse para darse cuenta exacta de sus primeras sensaciones de Europa.

«Las siete y media de la tarde. El Sol acaba de ponerse detrás de las montañas de Génova. Dentro de una hora estará fondeado el Edén. Desde las cuatro de la tarde recorro la parte de Oriente de la ribera de Génova; y la capital ostenta ya sus torres. Yo he soñado locuras doradas, pero nunca una cosa semejante a lo que veo. Todas las pendientes de las montañas están sembradas de brillantes edificios; templos y palacios en lo alto de elevadísimas rocas, parecen edificados en el aire. No es instante de describir; las impresiones son demasiado vivas. Doy por bien empleado cuanto he padecido en la navegación. Voy a tomar el último mate en el mar.

»A las oraciones, esto es, a las ocho y media de la tarde, estaba fondeado el Edén.

»A una persona venida de una capital europea, mis impresiones darían risa quizás; a un americano del Sur, muy lejos de eso.

»Mi entusiasmo es el de un hombre de veinte años; me considero renacido. ¡Cuánto me sonríe lo que me rodea en un instante tan nuevo para mí!

»A doscientas varas del punto en que estoy, a la luz de una mitad de la hermosa Luna de Italia, distingo el palacio del príncipe Doria, donde Napoleón durmió muchas noches.

»Ahora poco, el aire resonaba con el estruendo de quinientas campanas.

»El bullicio de la capital es asombroso.

»La bahía es un cerco, un anfiteatro dentro del cual están las embarcaciones apiñadas como en un artillero.

»En presencia de las montañas, cuyas pendientes enseñan muchas calles iluminadas de Génova, todos los objetos aparecen microscópicos. Los palacios aparecen, como casas comunes de las nuestras; y los edificios de siete y ocho pisos, como esos juguetitos de madera, que nos llevan los pacotilleros franceses para los niños.

»Distingo los faroles de los coches, que corren por lugares al parecer inaccesibles. Una ciudad en la pendiente de un cerro; ¡qué maravilloso espectáculo!

»Donde quiera que los ojos caen, tropiezan con soberbios edificios, blanqueados por la luz de la Luna.

»¡Qué nuevo es para un americano del Sur, el espectáculo de una capital europea! Pero qué viejo, el repetir esta frase que nada dice al que no contempla los objetos. ¿No sería útil y agradable, para el lector americano, el encontrar un libro que contuviese la expresión ingenua y candorosa de las impresiones que experimenta el que por primera vez visita uno de estos pueblos? Yo creo que sí; y algo de esto me atrevo a ensayar, aunque la tentativa me cueste un poco de mi crédito de hombre frío, ante los ojos de las gentes de juicio y de mundo. Considero que un americano probaría más sensatez revelando, a expensas de su amor propio, la verdad de sus emociones, que no ostentando una indiferencia mentida unas veces, y otras, exhalándose en vagas generalidades, que nada dicen al que las escucha a tres mil leguas de la situación de los objetos.

»Bajo cubierta, en la cámara, soy capaz de coordinar mis ideas; me creo en alta mar, olvido los objetos nuevos. Pero cuando subo, y me encaro con el cielo de la Italia, la hermosa Luna, los millares de luces artificiales, los edificios y monumentos que resplandecen en mi alrededor, creo que veo alzado el telón de un palco escénico en vez de una ciudad existente, y sucumbo a las emociones del teatro fantástico.

»¡Oh! Esta noche, es nueva y solemne; yo debo abundar en su descripción.

»Pero no, yo debo ver, voy a ver, a sentir; no deseo escribir. Subo a cubierta.»

Al día siguiente, después que había dado algunas vueltas por las calles de la ciudad de mármol, escribía mis notas:

«¡Cómo describir a Génova! Esta ciudad-parque; esta capital-jardín!

»Oh, Italia, en tus ciudades está tu poesía, no en tus poetas, tú no escribes; haces la poesía. Tú misma eres un poema arquitectónico, si así puedo expresarme. Solo el daguerrotipo, puede decir con fidelidad cómo es tu belleza muerta. En cuanto a tu hermosura viva, solo los ojos.»

¿Qué razón he tenido, se me preguntará, quizás, para visitar los Estados sardos, con preferencia a la deliciosa Nápoles, la poética Toscana, la sublime y desmantelada Roma, y la misteriosa Venecia? Poco me costará dar satisfacción a esta curiosidad natural. Si yo hubiera ido a Italia en busca de placeres, me habría dirigido indudablemente a Nápoles o Venecia. La admiración por el pasado esplendor de Roma, y sus soberbias actuales ruinas, me habría encaminado a la capital de los Estados Papales. Pero yo era atraído en este viaje, por la curiosidad de conocer la Italia que más roce y comercio tiene con América meridional; y el estado actual de la jurisprudencia, en el país nativo, por decirlo así, del derecho civil por excelencia. Tampoco era el lado científico y dogmático del derecho, el que excitaban mi curiosidad, pues en este caso me habría dirigido a Florencia y Pisa, sino el derecho en acción, puesto en juego y constituido en código. Bajo este aspecto, a nadie se oculta que los Estados sardos llevan una desmedida ventaja a los otros Estados de la Italia moderna y contemporánea.

II. Cristóbal Colón: particularidades sobre su origen.
Descripción de sus autógrafos. Su ortografía y
caligrafía. Anécdota sucedida a Washington Irving.
Iglesia de San Esteban, en que se presume fue bautizado
Colón. Cuadro de Rafael y Romani. Anécdota picante

Se unía a estos incentivos, racionales para mí, el no menos natural, para un hijo de América, de conocer el país que dio nacimiento a Cristóbal Colón. Fue tal vez, una de mis primeras diligencias la de investigar y conocer todos los objetos que recuerdan la memoria y las primeras circunstancias de la vida del gran hombre. ¿Habría lector americano que considerase inoportuno este ni cualquier otro lugar, para exponer lo que a este respecto obtuve por fruto de mis pesquisas?

Copio lo que sigue de mis apuntes de viaje:

Esta mañana a eso de las once del día entré al Palacio Ducal, donde existe la oficina del consejo municipal o decurional, que es depositaria de unos manuscritos autógrafos de Cristóbal Colón. Mi simple declaración, hecha en el idioma adoptivo de Colón, de que era americano y deseaba conocer los autógrafos del descubridor, bastó para que el señor Stefano Bacigalupo, primer secretario del consejo de la ciudad, excelente conocedor de la lengua castellana, me diese cariñosa acogida y pusiese a mi vista todo lo que allí se encontraba relativo al gran viajero. La llave de la caja que contenía el depósito de los manuscritos, se hallaba en poder de una persona, ausente accidentalmente en aquel instante; y que no debía venir hasta la una del día. Intenté retirarme para regresar a la hora expresada, pero el señor Bacigalupo, me detuvo con una benevolencia que no puedo recordar sin placer, proporcionándome para ocupar el tiempo necesario el Código-Diplomático-Columbo-Americano, como se titula la colección de documentos y cartas autógrafas, referentes a Colón y su descubrimiento, remitidos, por este viajero, en un manuscrito en pergamino, en calidad de presente hecho al país de su nacimiento.

Eran las once de la mañana, yo me entretenía en recorrer el grueso infolio, sin pensar en el tiempo que faltaba para la una del día. A esa hora se mudaban las guardias; y una banda militar, instalada en el patio del Palacio Ducal, ejecutaba algunos fragmentos de Bellini de alta y deliciosa melancolía. Coincidían en mi corazón, con las impresiones de esta sublime música, las que experimentaba al recorrer la memorable carta misiva de Colón datada en su prisión, en el año de 1500. Carta en la que, con un estilo tan grande como su empresa, se queja de la ingratitud del mundo; protesta su inocencia; se jacta de su mérito sin igual; se resigna y descansa en la justicia del tiempo y de Dios. ¡Qué estilo, Dios mío! ¡Qué melancolía! ¡Qué grandeza de alma! ¡Qué elevación de espíritu! ¡Qué poesía de sentimientos, de dolor, de fe, la que este hombre sublime derrama en las palabras de su inmortal epístola! Las desgracias de Dante, Tasso, Petrarca y Galileo, son tan pequeñas al lado de la suya, como lo es el valor de las obras de éstos comparado con el del hallazgo de un nuevo mundo.

Vino por fin a la una, la suspirada llave. Introducido en el salón del consejo decurional, noté desde luego, a una extremidad de él, una columna de mármol blanco, orlada de dos grandes ramos figurados por bajorrelieves, en el centro de los cuales se lee la siguiente inscripción en caracteres de oro:

Quae. Heic. Sunt. Membranas
Epístolas. Q. Expendito.

His. Patriam. Ipse. Nempe. Suam.
Columbus. Aperit. En. Quid. Mihi. Creditum.
Thesauri. Siet.

Esta columna sostiene un busto de Colón, hecho por el escultor Peschiera, muerto ya, conforme a la descripción que de la fisonomía del gran hombre, hace su hijo natural y biógrafo, don Fernando, nacido de doña María Munis de Balestredo, de quien provienen los actuales duques de Veraguas. ¡Qué majestad la de esta fisonomía! Hay algo de Homero, en Colón; y a fe que no sé si haya más poesía en la Iliada, que en la empresa que concluyen en las Lucuyas.

Más abajo del busto, y en lo alto de la columna, está la caja depositaria de los gloriosos manuscritos. Una puertecita metálica, cubierta de un baño de oro, ornada de un bajorrelieve alegórico, que representa a la Liguria, derrocando las columnas de Hércules, con espanto de Neptuno, para dar la mano a la América, figurada por una india, guarda sacramentalmente los preciosos documentos. Abriose esta pieza en obsequio de mi nacionalidad americana. Salieron dos cajas de latón: la primera, conteniendo una cartera o bolsa de cordobán, floreada que fue usada por el mismo Colón, y encerraba la colección denominada el Código. Toqué este mueble, y le examiné de mil y mil modos, sin poder definir el placer que sentía al ver en mis manos un objeto que se había envejecido entre las del marino inmortal. Nada iguala a la elegancia, frescura, y primor con que se conservan las tintas y pergaminos, en que están escritos los documentos colombianos. Dos cartas autógrafas cierran la colección, y forman sin duda su parte más interesante. Al contemplar los caracteres trazados por la mano que gobernó el timón, que condujo al descubrimiento de un mundo nuevo, mis dedos se helaban de religioso entusiasmo. Tengo en mi memoria aquellos caracteres semigóticos, con no sé qué de elegante, de artístico, de grande.

Hay en la ortografía del grande hombre, algo que, sin poderse llamar incorrección, da a su escritura un carácter especial. Los signos de puntuación de que se sirve, consisten en pequeñas barritas verticales, usadas parcial o duplicadamente, según la mayor o menor dependencia de las frases. El papel, en que las cartas están escritas es el llamado de medio florete genovés. El cierro o doblés de una de ellas, es de forma cuadrada; el de la otra cuadrilongo. Una oblea grande, cuadrada, de color bermejo, ha servido para sellar una y otra.

Acompaña a estos papeles, no sé por qué razón, una carta autógrafa de Felipe II, que en nada hace relación al Código colombiano, pero que sin embargo examiné también con no poca admiración.

La segunda caja contenía un expedientillo relativo a la consignación solemne hecha de otro autógrafo de Colón, consistente en otra carta de su puño.

El señor Esteban Bacigalupo, me refirió que haría cosa de cuatro años se presentó allí de la misma manera que yo, un extranjero que deseaba ver los documentos colombianos. Luego que los hubo recorrido, preguntó si en Italia era conocida la obra de Washington Irving. Le fue contestado que un trabajo de tanto mérito, no podía estar ignorado en el país del hombre cuyos actos se historiaban en él. Entonces observó el extranjero, que si el autor hubiese conocido aquellos documentos antes de publicar su obra, mucho de curioso habría tenido que agregar a lo publicado. Tiene tiempo siempre de aprovecharlos en una nueva edición, le contestó el señor Bacigalupo. Luego que se hubo despedido el extranjero, el señor Esteban preguntó al ciceroni que le había introducido, si sabía quién era aquel modesto sujeto, que ni el país de su origen había querido indicar, y el piloto respondió alzándose de hombros. «¡Quién diablos sabe! Si mal no recuerdo creo haberle oído llamar Was Washington Irvi o Irving.» Era efectivamente el famoso autor de la Historia del descubrimiento de América.

El origen de estos documentos, en Génova, es el que se deduce de una de las cartas autógrafas del mismo Colón. Declara éste, en dos cartas, escritas desde Sevilla, con fecha 2 de marzo de 1502 y 27 de diciembre de 1504, a Messer Nicoló Oderigo, embajador de Génova en aquella época, cerca de la corte de España, que por conducto de un Francisco Ribarol, le había remitido un libro de las copias de sus privilegios y otro de sus cartas, en una barjata de cordobán colorado con cerradura de plata; y dos cartas para el oficio de San Jorge, al que adjudicaba el diezmo de su renta. El libro fue recibido; y en cumplimiento de la voluntad de Colón, depositado y guardado como está, de un modo digno de él. De las dos cartas dirigidas al oficio de San Jorge, se conserva una, y es la que forma el expedientillo de consignación, que figura en el depósito de documentos. Colón, no recibió la respuesta, que le fue dirigida, y se quejaba ignorando esta circunstancia.

Génova, Savona, Cogoleto y Quinto, se disputan hoy la cuna de Colón. Es un hecho, fuera de duda, que la madre era nativa de Quinto. Por lo que hace a Cogoleto, está averiguado que es otra familia de Colones la que allí reside, y se pretende originaria del gran hombre. La opinión sabia entre los genoveses está uniformada en favor de la creencia que establece la cuna del descubridor en la ciudad de Génova.

Aún se pretende que él fue bautizado en la iglesia de San Esteban, por la circunstancia probada hoy de que su padre vivió, cuando el nacimiento de Cristóbal, en la parroquia perteneciente a aquella iglesia. Muy justo era, pues, que yo hiciese una visita especial a la iglesia parroquial de San Esteban.

He aquí la narración, de esta visita que verifiqué en uno de los días de junio, a eso de las dos de la tarde, hora en que la soledad de la iglesia daba más libertades a mi examen.

Saliendo de la Plaza de San Antonio, llamada hoy de Carlo Felice, por la calle Julia, hacia el Puente del Arco, se encuentra inmediato a este punto, una iglesia antigua, pequeña, situada en una elevación del terreno, sobre la mano izquierda. Su frontispicio está hecho de piedras amarillas y negras, colocadas alternativamente formando anchas fajas o listones horizontales. El estilo de su arquitectura es gótico, pues su construcción data del siglo XI. Ésta es la iglesia de San Esteban.

La encontré cerrada en la hora de mi visita; llamé desde luego donde me pareció ser puerta del claustro; y apareció un joven, a quien manifesté mis deseos de visitar el templo.

—Ya, ya —me contestó, pidiéndome la gracia de esperarle en tanto que iba por el guardián de las llaves. Habiéndole preguntado antes si era aquella la iglesia en que la tradición hace suceder el bautismo de Colón, me contestó encogiéndose de hombros:

—¿Quién es ese señor Colón de que usted me habla? —Le supliqué entonces llamase al guardián o depositario de las llaves. Era este un joven eclesiástico que me condujo políticamente a lo interior de la iglesia, por una puerta excusada. Habiéndole hecho la misma pregunta que al anterior, me contestó, sonriendo, que así era presumible en efecto; pero que allí, en la parroquia, nada se conservaba que pudiese autorizar esta creencia. El privilegio de un americano es mucho en Italia. Así fue que para mí se descorrió la cortina roja, que durante todo el año, menos ciertos días, cubre un gran cuadro situado en el fondo del altar mayor. Este cuadro es una de las preciosidades de arte pictórico, que posee la Italia. León X le regaló a la antigua república de Génova. Fue llevado a París, y figuró allí por algún tiempo en el Museo. Girodet retocó algo en la parte inferior. En 1815 fue restituido a la iglesia a que pertenece, como los otros objetos de arte que Napoleón había llevado de Italia. La parte inferior del cuadro, es obra de Julio Romani, y se reputa como el primero de sus trabajos al óleo. La parte superior es de Rafael. Representa el martirio de San Esteban. El primer movimiento que experimenta el espectador, cuando la cortina que le cubre se descorre, es el dar un grito o extender su brazo, para detener los de aquellos bandidos, levantados para descargar enormes piedras en la cabeza del noble mártir. ¡Cuánta animación; cuánto movimiento en esta escena! A pesar de mis simpatías por el estilo y género de Rafael, yo prefiero, en esta obra, el trabajo de Romani.

Fuera de este cuadro y otros de alto mérito, y la circunstancia de ser esta la iglesia parroquial en que se supone fue bautizado el hombre que llevó el Evangelio al nuevo mundo, nada otra cosa recomienda su arquitectura pobre y desnuda de artificio. Las señales de su larga edad se dejan ver en sus muros que parecen verter agua; y, surcados de grietas y hendiduras, están como amenazando ruina. Situada al Sudoeste de Génova y próxima a Carignano, da lugar a creer que fue uno de los más primitivos edificios de la ciudad de Jano.

Después de la visita que acabo de describir, creía ya no haber dejado nada por ver, de las curiosidades colombianas que contiene la iglesia de San Esteban. Sin embargo, una importantísima había dejado escapar: la pila bautismal. Determiné hacer una segunda visita con el solo objeto de conocer esta pieza; y la verifiqué, no sin incidentes picantes, el 25 de junio. He aquí la importante historia de mi segunda visita, con su correspondiente preámbulo o exordio, división, etc.

III. La pila bautismal de San Esteban. Anécdota curiosa.
El teatro de Carlo Felice; la ópera, el baile. Emociones febriles experimentadas a su primer aspecto

Parece estar decretado que todo lo que se refiere a los principios y orígenes del hombre de genio, haya de vivir cercado de impenetrable misterio. Deseoso de conocer la pila bautismal, en que debió ser cristianado Colón, a ser cierto que lo fue en la iglesia de San Esteban, me dirigí allí esta mañana. Atravesé la mayor de las dos naves de que se compone, recorriendo los hermosos cuadros que ornan los altares del costado derecho, mientras en la pequeña nave de la izquierda se decía misa. Entré a la sacristía, donde un clérigo que me pareció ser párroco o su segundo, por el tono que gastaba viéndome como perdido por allí, me preguntó por un amable gesto de cabeza, qué era lo que deseaba. Me aproximé a él, y le dije en voz baja:

—Señor, deseo conocer la pila del bautisterio de San Esteban.

—Ya, ya —me dijo, y me pidió por un signo de mano, que le siguiese.

—Vaya —dije para mí, alguna vez había de dar con un hombre que me comprenda a la primera expresión. Llegué a figurarme desde luego, que este eclesiástico, instruido en el conocimiento de la lengua española, había descubierto en la expresión de mi cara, mi origen americano; y esto le bastaba para atinar con el deseo que por allí me llevaba. Le seguí lleno de gusto, con mi precioso hallazgo; me introdujo en una pequeña celda; me suplicó tomase asiento; se sentó él también en su poltrona; y sobre su mesa abrió un grueso libro, diciéndome:

—He aquí los registros en que se llevan los actos de nacimiento, por disposición reciente del gobierno —la noticia que yo tenía ya de que, para los actos o instrumentos del estado civil de las personas, no había más registro, relativamente a los de nacimiento, que los libros de los párrocos, sobre lo que se hablaba de una próxima reforma, junto con lo flamante de su impresión, no podía permitirme creer que en aquel libro existiese dato alguno capaz de acreditar el nacimiento de Colón. Sin embargo, no dejé de pensar que esto podía conducir para formar alguna comparación o inducción picante, sobre el punto de mi averiguación. Cuando tomando la pluma mi venerable párroco, me dirigió la siguiente pregunta:

—¿En qué día nació el niño que desea usted bautizar?

No pude menos de soltar la risa, y rectificar del modo que me fue posible, la equivocación en que, el impaciente deseo de propagar el santo óleo, había inducido al señor cura. Este prelado, que no halló menos chistosa que yo la tan disparatada inteligencia, me recomendó inmediatamente a un portero para que me condujese, como lo hizo muy comedidamente, hasta ponerme delante de la pila bautismal. Se halla situada ésta sobre el lado izquierdo de la iglesia, casi detrás de una de las puertas de la entrada principal. Compónese de una espaciosa fuente de mármol blanco, apoyada en un pie de la misma materia; y la cerca una balaustrada semicircular también de mármol blanco. Una especie de caja o nicho, de la figura de un embudo, invertido hacia abajo, con una puertecita lateral, es depositaria de todas las piezas materiales concernientes a la ceremonia del bautismo. Cuando esta puertecita se abrió y el comedido cicerone pronunció con voz grave el proverbial ¡ecco!, lo confieso, sentí erizarse mis cabellos, al pensar que estaba delante de la pila, en que había caído el agua santa que bañó el cráneo destinado a concebir un día el pensamiento de un mundo nuevo. Pero desgraciadamente mis ojos, que subían y bajaban en el examen de la memorable pieza, tropezaron con esta cifra, cincelada en el borde de la pila, 1676; y mi ilusión cayó muerta a manos de estos asesinos números, que no me dejaron ser feliz un minuto. Ni mi cicerone, ni nadie, supo decirme si al menos la balaustrada era de data anterior a 1676, para conocer siquiera el lugar en que se pararon los padrinos de Colón. La arqueología y los conocimientos filológicos de los párrocos de Génova, suben rara vez más allá de la época en que tomaron posesión de la parroquia. Pobre del extranjero que, sin otra guía, se fíe en sus relaciones. En un abrir y cerrar de ojos, le harán digerir un cuento árabe por la crónica de un pasaje histórico de la Edad Media. Pero ciertamente que no entra en este número mi párroco de San Esteban. Y la prueba es que cuando le pregunté si en las oscuras inscripciones grabadas en las piedras del frontispicio, había alguna relativa a la tradición del bautismo de Colón, me contestó:

—¡Quién sabe! ahí están todas ellas están en latín gótico.

Antes de dejar la iglesia me propuse registrar, y lo hice en efecto, una por una, todas las pilas de San Esteban por si entre ellas se encontraba la que yo buscaba, a fin de poder decir cuando el caso llegare: «He visto, sin saber, la pila en que se cristianó a Colón.»

Lo que acaba de verse muestra que no fue los tribunales, lo primero que atrajo mi curiosidad, luego que me vi en Génova, como era de esperarse, según mi plan de viaje. Y lo que va a leerse a continuación hará ver que tampoco fue una sola la distracción que padecí antes de subir las escaleras de la izquierda, en el Palacio Ducal.

En efecto, cualquiera que sea la profesión a que pertenezca el viajero que llega a un país desconocido, su primer diligencia es la de entregar las cartas de introducción, de que regularmente es portador; y su primer deber, el de aceptar la comida de trámite, que las más veces viene acompañada con un boleto para el teatro. He aquí, pues, la razón por la que antes de asistir a las sesiones del Senado, tuve que concurrir a las funciones de la ópera italiana. El lector, que viaja por el territorio de este Folletín, con el mismo itinerario que yo, tendrá igualmente que concurrir al teatro, antes que a la barra de los tribunales. Quizás no encuentre muy incómodo este orden, porque la función a que es invitado, es justamente La Beatrice, de Bellini; y el teatro de Carlo Felice, en Génova, rival de los teatros de la Scala, en Milán, y de San Carlos, en Nápoles.

No es nada lo que el lector ha visto en la prensa de Santiago, con ocasión de la compañía de cantores que en este instante embelesa a la capital de Chile, si compara su exaltación con la que encierran las notas que voy a transcribir, en su rústica candidez. Ellas son escritas bajo la fascinación de los sonidos; y tal vez no me equivoco, si digo que son ecos o estruendos de la orquesta. Al tiempo de escribirlas he tenido presente los teatros y lectores del Río de la Plata, pues no he tenido la fortuna hasta hoy de asistir a ningún teatro de Chile.

«Lector de mi país. Delante de un italiano, sírvete no decir que conoces el teatro, esta portentosa creación de la industria humana; ni nombres siquiera esta palabra, porque le darás lástima, si él sabe que la aplicas a esas furiosas farsas, que en nuestros países decoramos con este vocablo delicado.

»Dos francos pagué por levantar la pesada cortina que me reveló cuanto podrá inferirse por la historia tumultuosa de mis sensaciones.

»Entré cuando terminaba el primer acto.

»El Olimpo mitológico, con sus dioses, héroes y esplendores, me pareció que se abría delante de mis ojos. Era tan luego el momento más espléndido del acto, el trozo final, en que entraban coros y los accidentes todos que contribuyen a la majestad y esplendor de un trozo de terminación. Esta primera emoción fue confusa, de mágico aturdimiento: puedo decir que los sonidos obraban más que en mis oídos, en mi cuerpo helado de entusiasmo. Figuras brillantes, de una majestad desconocida para mí; ecos de una música gigantesca; las proporciones álpicas del edificio; raudales de vivísima luz; más que todo, la impasibilidad del público, que me parecía compuesto de cadáveres sembrados por los estragos de la belleza es lo que me ofreció el teatro, en el primer instante.

»El telón no tardó en descender: bajó con majestad, y no dejé de extrañar esto, acostumbrado, como estaba, a ver esos telones que caen con la rapidez de la mano que acude a tapar una mancha desagradable.

»¡Ah! Lector amigo no te rías de este pobre genovés, que ves llegar a nuestras playas, con aire humilde y suplicante en busca de los bienes que la fortuna ciega ha prodigado a ciegos como ella. Ese hombre pertenece a un país digno del respeto del extranjero tribútale cariño y hospedaje; es hijo de una familia cuyos antecedentes conoce el universo, y cuyo presente, bajo mil aspectos, no interesa menos que su porvenir.

»Venía un acto de baile. Subió el telón a una señal apenas perceptible.

»El baile mímico o pantomímico, que constituye la parte más importante de la ópera, es cosa de que no tenemos la menor idea en la América del Sur. Y es justamente el arte de las artes. La poesía habla al ojo impalpable de la inteligencia; sus ecos, sus claridades suenan en la memoria del oído, brillan en la memoria de la retina; pero el recuerdo, es apenas sombra de la vida. La música habla al oído, como a ciego que no puede gozar de la vista de este ángel de seducción. La pintura habla a los ojos, pero falta a sus creaciones el movimiento, es decir, la vida, lo que distingue al hombre de la estatua. Pero el baile, ¡oh! El baile habla a los ojos, estas puertas abiertas del alma, en el idioma de una poesía incalificable; de una poesía que absorbe y representa a todas las demás, de la poesía de la vida misma; pues si las otras artes son medios de interpretación, para ella, el baile es ella misma, en cuerpo y alma.

»Centenares de actores de ambos sexos, desempeñan este drama de embelesadores gestos. Los movimientos del relámpago son menos simultáneos que la fugaz unidad con que cambian de actitud esas columnas de bailarines: es cincuenta un solo individuo que se refleja en cincuenta espejos.

»¿Pero tienen algo de común sus movimientos con los de aquellas figuras grotescas que en los bailes de espectáculo acostumbramos ver en nuestros países? ¡Ah! ¡Nada, por Dios! Nada exagerado, nada violento, nada que pese en esta epopeya de actitudes. Los más difíciles efectos de arte, son producidos con la naturalidad con que cambia de posición el brazo de una persona que duerme. Esas caras, cuya risa despide claridad como la antorcha

»¿Cuál es el género de poesía a que el baile no se preste? Cuando es la poesía clásica y estatuaria de los antiguos; ¡qué actitudes, qué majestad de movimientos! No hay una cabeza, un brazo, un pie, que no esté colocado con el buen gusto con que Canova o Miguel Ángel, colocan los brazos y cabezas de sus dioses.

»¿Se trata de la poesía romántica? Españoles, apartaos lejos; cuando no sois caballeros, no sabrías imitarlos. Cuando queráis ver evocados a vuestros antiguos héroes, venid a las representaciones de la ópera, en Italia. Los italianos son los belgas, si así puedo expresarme, de los tipos formados por la naturaleza: no hay una obra suya, en que no hayan la contrafacción con admirable facilidad.

»En medio de todo esto, ves tú, lector, un público impasible, que no se digna regalar un gesto de aprobación siquiera a tan prodigiosos actores. ¿Creerás, pues, que es imbécil, ciego a la belleza, o ingrato? Nada de eso: es que en presencia de tantas maravillas, existe una que no deslumbra desde luego, pero que no es menos sorprendente que las otras: esta notabilidad es el oído del público italiano: juez adiestrado y recto, en la balanza del cual pesan hasta los más vaporosos defectos.

»Ya le tienes despierto de su letargo; ha levantado su cabeza, han brillado sus ojos, y sus manos han resonado en honor, ¿de quién? De una nueva y portentosa aparición: es la actriz de genio, la Sílfida, la diosa del espectáculo. El verdadero dilettante, el conocedor acostumbrado, el público de la ópera, en una palabra (que en ninguna parte es plebe), no se inmuta sino por actores de esta clase. Los otros, los que antes llamé maravillosos, no son ahora sino instrumentos grotescos, de que el talento-rey se vale para construir el trono de su dictadura.

»¡No imaginéis que la fuerza de este privilegiado ser consiste en girar diez veces, en un segundo, sobre la extremidad de su pie! Vulgaridad que ordinariamente se considera como un rasgo de fuerza: no, la artista superior no hace esto; ella mueve su pie, da dos pasos, y el público la victorea. Coloca su mano cerca del rostro, con un artificio de que solo ella posee el secreto; y el público la arroja coronas. ¿Se propone deslumbrar por la audacia y la brillantez de los movimientos? Es capaz de hacer dar sombras al gas. ¿Ha apurado el resorte de la agilidad? Se sirve entonces de lo opuesto, la inmovilidad total; se para, y parada arranca aplausos. ¿Cotejaré su figura en esta nueva actitud a la del lirio, que sube del musgo? Sería injusto: el tallo del lirio es tieso y desgraciado; y su corola, no tiene seducción. Yo diría al contrario, para ensalzar la gracia de esta flor, que ella descansa en su tallo, como la Cerrito por ejemplo, cuando queda inmóvil.

»Toma el anteojo, si quieres arrancarla algún defecto, ella ganará con esta prueba; verás que de sus ojos brotan rayos de amor; que de sus labios destila una sonrisa, dulce como la miel de sus movimientos. Y no es otro que éste el secreto de la superioridad del artista: es que ella goza mejor que los espectadores del encanto de su propia ejecución; bailaría con el mismo amor aunque se viese sin testigos».

IV. Continuación de las primeras impresiones de la
ópera. Impresiones de la segunda representación; la
crítica sucede al entusiasmo. El público genovés en el
teatro. El hijo de Paganini y un sobrino de Napoleón

«Cuando se ve aplaudida, ¡oh! ¡Qué gracioso modo de tributar su reconocimiento! Aquí sus movimientos son una cosa intermediaria entre el baile propiamente dicho y las actitudes prosaicas u ordinarias. Se diría que, asustada su modestia del estrépito de su victoria, huye a pasos tímidos, a refugiarse a la sombra de sus laureles. Las inclinaciones de su cabeza van extinguiéndose gradualmente, como las oscilaciones de la rosa, que ha mecido el viento, a medida que desfallece el calor de los aplausos.

»Preguntarás, lector, de dónde es que sacan las italianas el secreto de tanta gracia y artificio como ponen en la ejecución de estas cosas. Es muy sencillo su origen. Las nodrizas se lo suministran con el alimento de la primera lactación; o por mejor decir, la gracia no es un secreto en Italia. Sus habitantes aprenden a conocerla de corazón en esas estatuas maravillosas de que están sembradas sus calles públicas e innumerables palacios; en las divinas y celestes actitudes, en la imponderable majestad y gracia de esas figuras, con que el pincel y el mármol han poblado las espléndidas iglesias de Génova. Desde los siete años, en que la chicuela, hincada delante de los altares, se distrae en contemplar esas cabezas divinas, cuya actitud repite luego simpáticamente, empieza, se puede decir, su educación artística. En que la especie de comunidad o familiaridad en que viven con las santas imágenes, toman su aire y maneras, por decirlo así, como el acento de sus ayas. Y no de otro modo es que las obras maestras del arte contribuyen a la educación y cultura de los sentimientos y modales en la sociedad.

»Viene ahora el canto. Una actriz veneciana, la señorita Lowe, que ha cantado en Nápoles y Milán, París y Londres, mujer de unos veinte años, al parecer de figura esbelta; espiritual hasta en la forma de los dedos; lánguido el color de su frente como los pétalos de la rosa de Calcuta, es la destinada a darme a conocer por la primera vez de mi vida lo que es este arte que tanto he amado, sin conocerle de otro modo que de uno bien indigno de él. ¡Pobres T y P artistas italianas renombradas y conocidas en el Plata, que habían sido mis tipos de comparación! ¡Qué humildes me parecieron cuando las puse al lado de la linda hija del Adriático! Llegué a creer que el aire de la Italia era elemental para la producción de la armonía, como ciertos climas para la belleza de algunas flores.

»Guardo para mí mismo el análisis de las sensaciones que la música, en manos de esta organización privilegiada, hizo experimentar a mi corazón.

»Lo que al espectador americano, capaz de un cierto examen, llama la atención con preferencia quizás a otras cosas de mayor interés, es el arte que en estas exhibiciones se emplea en cosas que entre nosotros pasan inapercibidas, tanto de los espectadores, como de los autores mismos. Hablo otra vez del acto de tributar gracias a los aplausos populares. Nuestra veneciana tenía también su secreto especial a este respecto. Se diría que se oculta en la nube de su pudor como las emanaciones fragantes del jazmín se extinguen en el aire. ¡Cuánta poesía en sus manos de porcelana, cuando se cruzan dulcemente por delante del rostro, como para atajar los rayos de su gloria que encienden sus mejillas en llamas de rubor!»

El lector conoce ahora el lamentable estado en que habían puesto nuestros nervios, las primeras impresiones de la ópera, en Italia. Afortunada o desdichadamente, esta crisis no fue duradera; pues el ángel o demonio del sentimiento crítico, no tardó en presentarse, con su gesto desabrido, sus ojos sin amor, encogiéndose de hombros en vez de decir palabras. ¿No es una desgracia que estemos formados de un modo tan inconsistente, que ni el aturdimiento ha de poder ser duradero en nosotros? Para que el lector se asombre del vuelco que mis juicios sobre el teatro experimentaron en el espacio de poquísimos días, voy a transcribir lo que escribía al salir de la segunda representación en el teatro de Carlo Felice.

«En cuanto a la pompa y magnificencia del edificio, la misma impresión que la primera vez: no así en lo tocante a los actores y a la representación, que esta vez me han asombrado menos. Seré sincero cuando manifiesto mi insensibilidad, como lo he sido confesando mi admiración. Yo mismo no sé en cuál de las dos ocasiones habré estado acertado. El baile, que fue el mismo que en la función anterior, se habría podido suprimir esta vez sin que me costase pesar. Mucho me temo que según mi costumbre de pasarme del asombro pueril al desprecio del filósofo, los portentos de la primera noche, lleguen a parecerme cosas muy ordinarias. Era la Norma la ópera que en esta función tenía lugar. A pesar de que la ejecución superior y los efectos de los coros y orquesta me hacían considerar como nunca oída esta bellísima música, no podía dejar de encontrar algo de usado o desvirtuado en el fondo de ella. Provenía esto, sin duda, de que en América ha llegado a hacerse trivialísimo lo mejor de los temas de Bellini, por medio de esos acomodos para piano, con que la tipografía musical sacrifica los encantos del arte a las exigencias de su cálculo mercantil. El hecho es que para mí no había en esta música, con la que yo me disponía a impresionarme fuertemente, aquella virginidad, aquel prestigio de novedad de las particiones que por primera vez se oyen. Esto me hace pensar en lo que a Lord Byron sucedía con la poesía de Horacio; los recuerdos de las tediosas lecturas, que había hecho de este poeta, en la edad en que hacía sus estudios de latinidad, llegaron a incapacitarlo completamente, cuando fue hombre, para gozar de las bellezas del famoso clásico. Sin embargo, en esta representación, en que he podido conversar sin esfuerzo, durante muchas escenas, he oído cosas que hubiera deseado sacar grabadas en mi oído para siempre. Es cosa que no concibo cómo este público italiano pueda gustar quince y veinte veces de una ópera, después de haberla oído por quince veces. El prestigio de esta partición de Bellini, es inmenso todavía en Europa; y yo no sé qué producción pueda pretenderse capaz de rivalizar con ella, ante el favor de los aficionados. Los genoveses, más dados a las ocupaciones del comercio que a los placeres del arte, asisten con poca frecuencia al teatro; lo que hace que de ordinario una tercera parte del espléndido salón se encuentre desierta. Sin embargo todos los días de la semana, menos el viernes, hay ópera. La concurrencia nunca hace falta; no tanto por la razón de que Génova es una ciudad populosa, cuanto porque sus gentes no acostumbran a recorrer las brillantes calles en noche, ni hacer visitas a esta hora. Esta nobleza no abre sus salones a las concurrencias nocturnas, como en otros países de Europa; y los comerciantes acomodados prefieren este barato e independiente género de pasatiempo, al de los círculos o sociedades privadas.

»El público de Génova ha sustituido al silbido pifión, abandonado como inurbano y falto de generosidad, por otro signo de reprobación, que consiste en un scht prolongado y apenas perceptible, el cual puede interpretarse ambiguamente, o como hecho para reclamar el silencio a los que le interrumpen o como dirigido para imponerlo a los actores que despedazan el trozo en escena. El hecho es que cuando esta incómoda demostración se hace oír suele verse a las infelices coristas que empiezan a desfilar una tras otra.

»He conocido esta noche en el teatro, a dos parientes de dos grandes hombres: un sobrino de Napoleón y un hijo de Paganini. En ambas fisonomías he tenido el gusto de ver rasgos animados pertenecientes a los tipos o moldes de que proceden. La tradición, sin embargo, nada dice de analogías internas. Dentro de pocos días, una linda niña de Génova, debe hacerse partícipe por medio del matrimonio, de los dos millones de francos que heredó el hijo del gran violinista. Su padre los había amontonado con el arco de su violín. En este pie de fortuna se halla el hijo, mientras que el alma del finado padre, sabe solo Dios donde se encuentre. Dícese, pues, que cuando en la hora de su última agonía, fue preguntado por el sacerdote si creía en Dios, contestó el desgraciado:

—No conozco más Dios que mi violín y solo en él creo.

En efecto, es por causa de esta circunstancia que sus restos mortales se hallan sepultados fuera del campo santo. Paganini era nativo de Génova. De Génova es también el famoso Sivori, que hoy llena el lugar del primero en el mundo violinista. Y genovés es igualmente un portentoso niño, que he conocido en el valle de la Polcevera, a quien los naturales del distrito, jurado temible, proclaman ya por futuro rival de los dos grandes artistas Yo daré más adelante una noticia de esta celebridad en programa».

Por ahora, es tiempo de dar punto a diversiones prolongadas ya más de lo que convenía a los graves intereses del lector; y ocuparse de pasear una mirada seria por la administración y el gobierno de los Estados sardos. Para entregarnos con tranquilidad al estudio de los rasgos distintivos del país, sepamos primero qué clase de gobierno es el que nos hospeda y posee. ¡Cómo conocer la administración de un país en que solo debe permanecerse por algunos días? Es la pregunta que naturalmente se nos hará.

V. Cómo pueden ser aprovechados los viajes rápidos. Cuadro general del gobierno y administración de los Estados sardos

Existe la preocupación de que no se puede tomar conocimiento de las instituciones de un país, sino por medio de una larga residencia hecha en él. Verdaderamente, no todo es preocupación en esta manera de ver las cosas; pues es bien obvio que las observaciones multiplicadas y reiteradas, sobre un objeto, dan por resultado nociones más completas. Pero es incuestionable que cuando se posee un buen conductor y la intención seria de conocer, se avanza más en quince días en el conocimiento de un país, que en años enteros gastados en placeres y entretenimientos estériles. No es difícil llegar a formarse una idea general de las instituciones sardas, por manuales y libros ligeros que el extranjero encuentra a la mano, luego que arriba a aquel país. Yo hubiera podido seguir este camino, y le habría seguido indudablemente, si no hubiese tenido la fortuna de oír de viva voz, y obtener preciosas notas de personas a quienes han hecho espectables en aquel país, publicaciones dignas del respeto de que gozan. Me hago un deber agradable en mencionar con especialidad, a tres mil leguas de Génova, el nombre respetable del señor abogado Luis Vigna, sujeto en quien su juventud hace más sobresaliente el honor de poseer una clientela numerosa, y el de ver rodeados del respeto general sus numerosos trabajos de ciencia administrativa. Debo a sus frecuentes y sabias conversaciones, la mayor parte del material de que me he servido para formar el croquis que daré a continuación del sistema administrativo de los Estados del rey de Cerdeña.

Gobierno. Los Estados sardos forman una monarquía absoluta, gobernada por la casa de Saboya. La corona es hereditaria, y pasa de primogénito a primogénito, con excepción de las mujeres, según lo dispuesto por la ley sálica allí vigente.

Composición de las leyes. Solo incumbe al rey la facultad de hacer las leyes; los otros poderes, administrativo y judiciario, no tienen más que voz consultiva. Las leyes son propuestas por el rey a los ministros; y tratándose de un negocio de mucha importancia, el soberano ordena que se le dé cuenta de él en el consejo de conferencia.

Consejo de conferencia. Tiene esta denominación el consejo de ministros, presidido por el rey. En sus sesiones los asuntos se deciden o bien por el rey, o bien a pluralidad de votos, si el soberano lo consiente.

Consejo de Estado. Luego que está decidido el que una ley deba tener efecto, se comunica el proyecto al consejo de Estado, el cual lo examina y extiende enseguida su dictamen con las observaciones que cree oportuno hacer. En el caso en que el consejo de Estado se oponga a la ley, o bien proponga modificaciones, el rey delibera sobre el partido que debe abrazar, o por si solo o con ayuda del consejo de conferencia.

Inscripción o protocolización de las leyes. Luego que la ley haya llegado a ser decretada, y antes de verificarse su promulgación, se la comunica a los magistrados supremos del reino, a fin de que se inserte o inscriba en su registro.

Los magistrados supremos están obligados a practicar un atento examen de la ley; y en caso de hallar en ella algo que se oponga al interés público, deben hacer una representación al rey, a fin de que la ley, según las circunstancias del caso, sea revocada, suprimida o modificada. En casos como éste, el poder judiciario está autorizado para insistir en su representación.

Pero cuando el soberano quiere que la ley se publique sin miramiento a sus observaciones, da orden a sus magistrados para que se registre pura y sencillamente.

Forma de las leyes. Las leyes se publican por medio de regios edictos, o bien por medio de reales cartas patentes. Sin embargo, en aquellos negocios en que, siendo de menor importancia, es necesaria la autoridad soberana, aparecen en forma de regios-brevetes, regios-billetes, determinaciones soberanas, o bien de decisiones del consejo de conferencia.

Por lo demás, es digno de notarse que la plenitud y fuerza de la ley, tomada en su verdadero significado, no reside sino en los reales edictos y reales cartas patentes.

Administración del Estado. El Estado es administrado por cuatro ministerios diferentes, a saber:

1.º Ministerio de los negocios extranjeros.

2.º Ministerio de negocios del interior y finanzas.

3.º Ministerio de negocios eclesiásticos y de gracia y justicia.

4.º Ministerio de negocios de guerra, marina y policía.

Por lo que hace al primero, el ministro de negocios extranjeros preside a las relaciones del Estado con las potencias extranjeras y a todo género de negociaciones políticas con los poderes de afuera.

Diplomacia. Los agentes diplomáticos que la corte envía cerca de las naciones extranjeras, se refieren en el sistema administrativo del reino al predicho ministerio, del cual reciben las oportunas instrucciones para la conducta que deben observar. Estas instrucciones son dadas por el rey al ministro, o bien son discutidas en el consejo de conferencia.

Agentes consulares. Cuanto queda dicho de los agentes diplomáticos, se aplica también a los agentes consulares, que residen en el exterior para protección de los nacionales y su comercio.

Convenciones políticas. Las convenciones políticas son estipuladas, en nombre del rey, por el ministro de negocios extranjeros; cuando estas convenciones son aprobadas por la voluntad del soberano, se hace su publicación por medio de un manifiesto del Real Senado.

Confines o límites. La conservación de los confines o límites del Estado, está encomendada a los ministros del interior y exterior; y la superintendencia de este ramo es ejercida por un comisario especial, que depende de los dos ministros.

Pasaportes, servicio de la real posta. Pertenece finalmente al ministerio del exterior la porción administrativa, que mira al servicio de la real posta, y la expedición de pasaportes para todos los que quieran viajar fuera del Estado.

Hacienda o administración general del exterior. El ministerio de los asuntos extranjeros tiene la parte directiva, direlo así, en el desempeño de los asuntos de su cargo; pero la parte ejecutiva, como, por ejemplo, el manejo de todos los fondos necesarios para hacer frente a las urgencias ocurrentes, está encomendada a una administración general, conocida bajo el nombre de hacienda o administración del exterior.

Administración del interior y de las finanzas. Departamento del interior. Las aguas, puertos y rutas, forman un objeto importantísimo de las cosas encomendadas a este ministerio. La legislación hidráulica o concerniente al sistema de las aguas, en Piamonte, es considerada como la más completa que existe en Europa.

Dependen de este ministerio los trabajos públicos, la construcción y mantenimiento de los monumentos, las expropiaciones por causa de utilidad pública, la conservación de los bosques, la administración de las minas, el cuidado de las obras pías, hospitales de mendicidad, asilos de infancia, casas de expósitos, las cajas de ahorros, las sociedades de recreo, la academia literaria, científica y estadística, y las cárceles penitenciarias.

Pertenece también a este ministerio todo lo que mira a la subsistencia pública, la tasa de los alimentos de primera necesidad, el consumo, la industria, la agricultura, las ciencias, las letras y las artes. Finalmente, este ministerio tiene la suprema administración de las provincias y municipalidades.

Hacienda económica del interior. La parte ejecutiva de lo que forma el objeto de la administración del interior, corresponde a la hacienda económica del interior, la cual tiene bajo su inspección la dirección del genio civil para los trabajos públicos, el cuerpo de ingenieros, los empleados del exterior y los intendentes de provincia.

Departamento de finanzas. El departamento de las regias finanzas administra los bienes y los derechos dominales o señoriales; los derechos provenientes de las insinuaciones (transcripción en registro público del acto o contrato que se hace por público instrumento), de las protestas, del papel sellado, y de la venta de naipes.

Hacienda de las finanzas. La hacienda de las finanzas atiende al cumplimiento de las disposiciones que miran a los objetos ya indicados.

Hacienda de la gabela. La renta proveniente de la aduana, la impuesta sobre la venta del tabaco y la sal, de la pólvora ardiente, de la munición; la contribución sobre la venta del vino, de los licores, del cuero o piel, depende también de las finanzas; y forman el objeto de la administración de la regia gabela.

Finalmente, como subdivisiones y dependencias del ramo financiero, se comprenden los siguientes oficios:

1.º La administración de la deuda pública.

2.º El regio erario, que preside a la recaudación del dinero público.

3.º La regia zeca o casa de moneda.

4.º La administración del marchamo, que tiene por objeto poner un sello a los trabajos de oro o plata que se venden al público por los fabricantes.

Se conoce también otras administraciones, que no dependen de los sobre indicados ministerios, y son:

1.º El archivo de corte, donde se comprenden los documentos de mayor interés.

2.º La hacienda de la real casa, que administra los fondos asignados al mantenimiento de la casa del rey y a la conservación del real palacio.

3.º El contralor general, que tiene por objeto registrar todos los proveídos del soberano, de expresar su parecer sobre las leyes y rever o refrendar todas las operaciones de las finanzas.

4.º El magistrado de la reforma, que preside a la instrucción pública.

5.º El protomedicato, que inspecciona a las profesiones que tienen relación con la salud pública.

6.º El magistrado de sanidad, que provee a las conveniencias de pública salubridad.

Ministerio de negocios eclesiásticos y de gracia y justicia. Las atribuciones de este ministerio abrazan los negocios eclesiásticos, es decir, el nombramiento de los obispos y abates; el de los negocios que respectan a la Iglesia, y muy especialmente la administración del albaceazgo apostólico, que administra los bienes de los beneficios vacantes.

Corresponde asimismo al dicho ministerio todo lo que mira a las gracias concedidas por el rey, en asuntos civiles y criminales, y lo concerniente al notariado y a los magistrados.

Ministerio de la guerra y marina. La administración de la marina comprende el comercio marítimo, la marina militar y la marina mercantil. El ministerio procede a la dicha administración por conducto de la hacienda de la marina.

Guerra. Este ministerio está encargado de todo lo que mira e interesa a la guerra, y la parte ejecutiva se halla asignada a la hacienda de guerra. Depende también de esta autoridad el proveer a las fortalezas, a la fabricación de armas y municiones, y este ramo abraza la inspección de la artillería, fortificaciones y fabricaciones militares.

Policía. La policía de Estado es una atribución del ministerio de la guerra, y bajo su dependencia reside en cada cabeza o capital de departamento militar un gobernador; y en todas las provincias y ciudades un comandante militar, con un suficiente número de comisarios de policía.

Del orden judiciario. El Estado está dividido en 417 mandamenti, o distritos judiciarios, en cada uno de los cuales hay un juez llamado giudice di mandamento. Estos jueces deciden de las causas personales, cuyo importe no excede de 300 liras o francos, sin apelación. Deciden también de las causas de posesión anual, y pueden conocer de las causas criminales, cuya multa o pena pecuniaria no excede de 10 liras, y de un día de arresto. Son ajenas de su conocimiento y jurisdicción, las acciones reales aunque representasen un valor inferior al indicado.

Los giudice di mandamento, dependen de los respectivos tribunales de prefectura, compuestos de un prefecto y asesores: todos estos tribunales desempeñan sus funciones sin intervención de un abogado fiscal. Estos tribunales deciden, sin apelación, de las causas de cualquier género cuyo valor asciende hasta la cantidad de 1.200 liras; y de las causas criminales, cuyo valor penal no excede de un mes de cárcel, destierro comparativo, o una multa de 300 liras. En todas las causas, antes de llamarse a sentencia, se hace preceder las pretensiones del ministerio fiscal, llamadas, como en Francia, conclusiones del abogado fiscal.

Senado. Los tribunales de prefectura, dependen de los respectivos senados de Piamonte, Saboya, Génova, y Niza. Estos soberanos magistrados juzgan, sin apelación, de todas las causas civiles y criminales que son de su resorte; desempeñándose en sus funciones, con el concurso de los siguientes empleados.

1.º El abogado general, que hace las conclusiones en las causas civiles.

2.º El abogado fiscal general, que concluye en las causas criminales.

3.º El abogado de pobres, que defiende gratuitamente la causa de menesterosos.

Real cámara de cuentas. La regia cámara de cuentas, juzga inapelablemente de todas las causas en que se halla interesado el Estado, tanto civiles como criminales. Las causas feudales, por ejemplo, las promovidas contra la regia hacienda, los delitos del peculado, de concusión, moneda falsa, etc.

Este magisterio posee también algunas atribuciones económicas, como por ejemplo, el examen y aprobación de las cuentas de las tesorerías y la publicación de las leyes relativas a la aduana y a la gabela o impuesto sobre licores. Ejercita sus funciones, cerca de la cámara, el Procurador general del rey, que concluye o peticiona, en las causas civiles y criminales.

La jurisdicción comercial se halla encomendada a los tribunales de comercio, de cuyas sentencias se apela ante el Senado.

Cuando una sentencia resulta falsa por intervención de un error de hecho, se recurre a la comisión de revisión, que confiere un segundo juicio irrevocable.

VI. Prosperidad material de los Estados sardos.
Ilusiones y engaño de los proscriptos. Mazzini, sus
amigos; estado de los ánimos en punto a la revolución
política. Anarquía y división de los espíritus,
sentimientos y costumbres en Italia. Mejoras y trabajos
materiales. Código civil. Cuestiones a él referentes.
Movimiento general de la Europa hacia la codificación.
Alusiones personales a los señores Badariotti y Mossoti

He presentado los grandes rasgos o lineamentos que constituyen la fisonomía administrativa del reino de Cerdeña. Si en el cuadro que acabo de trazar resaltan los caracteres de un sistema regular de administración y gobierno, yo puedo asegurar, que en la realidad de los hechos lo he visto manifestarse con colores todavía más halagüeños y animados. Yo no he conocido país donde el orden público y los beneficios de un sistema estable y permanente de cosas se ofrezcan con colores más brillantes. Evidentemente allí no existe la libertad política, pero si algo hay en la tierra que sea capaz de consolar de la ausencia de este inestimable beneficio, yo creo que los Estados de Cerdeña lo poseen en el más alto grado. Sé ciertamente que no soy la persona más apropiada para pronunciar un fallo de esta naturaleza. Bastaría quizás para desnudarme de la competencia que quisiera atribuirme, el recordar que pertenezco a países donde la libertad y el orden apenas comienzan a ensayar sus instituciones. Pero he visto otras pertenecientes a lo más adelantado de la Europa, y creo poder ensalzar los establecimientos sardos, sin que mis opiniones parezcan parto de un espíritu mal preparado.

Tal vez no ha contribuido poco a que yo fuese impresionado de una manera tan agradable por las instituciones de Génova y Piamonte, la idea lúgubre que sobre el estado de estos países había recibido de las apasionadas pinturas, que los proscritos italianos han hecho en los últimos tiempos. He visto, pues, que mis pobres amigos, los republicanos, estaban engañados. ¡Ay! ¡Y cuándo no está engañado el proscrito! Los que rodamos fuera de la patria caemos a menudo en el presuntuoso error de creer que el país nos llora ausentes, como nosotros vivimos suspirando por sus perdidos goces; sin reflexionar que a él, ingrato, nunca le falta un hombre para reemplazar a otro, en tanto que no hay sino una patria para el desterrado; y es la que marcha hacia delante, rejuvenecida, curada de sus dolores y hasta de sus desdichadas simpatías por los hijos que no recuerda ya.

Yo he encontrado a los amigos políticos de Mazzini, en Génova, curados completamente de su fiebre revolucionaria y absorbidos por ocupaciones materiales de interés privado. La memoria de Mazzini es cara a todos sus paisanos, pero no hay uno que fuese capaz de sacrificar una hora de reposo al logro de las miras del brillante demagogo. Sus ideas son estimadas como perteneciendo al dominio de la poesía política; se estudian por vía de pasatiempo o entretenimiento intelectual. A pesar de los rigores de la censura, los escritos de Mazzini circulan y se leen en Génova. Yo me hallaba en Italia, cuando su padre, respetable médico de Génova, fue noticiado de la quiebra de una casa de comercio, en que tenía colocado a interés el valor de 50 mil francos, destinados a la subsistencia de su ilustre y desgraciado hijo. Este tribuno, tan popular entre los genoveses, es apenas conocido de los más liberales jóvenes de Piamonte. Tal es la distancia moral que separa unas de otras estas poblaciones que no obstante forman un solo reino. Si la Italia es un país incoherente y mutilado, el reino de Cerdeña, en sí mismo, no lo es menos. En vano el Congreso de Viena se propuso hacer, con un decreto de cuatro pueblos, un pueblo único: Niza, Génova, Piamonte y Saboya, son como fueron y serán eternamente, cuatro familias distintas y antipáticas. He aquí un hecho muy significativo para demostrar el estado de desmembración que domina a los pueblos de la Península; si a un hombre del pueblo preguntáis, ¿dónde es Italia? ¿Es más allá, aquí no es?, os contestará inmediatamente: Los genoveses y piamonteses, en efecto, no se creen italianos; dicen que Italia es la Toscana; así, se les oye decir, cuando van a este país, que van a Italia.

Por lo demás, es menester viajar con los ojos cerrados para no conocer que en Italia se opera un movimiento de transformación y engrandecimiento material, que más o menos tarde deberá necesariamente acabar por otro en las ideas políticas y sociales. Al presente, no hay una sola de sus ciudades que no muestre al lado de la vieja edificación otra flamante y más numerosa que se acrecienta rápidamente. Un camino de fierro debe estar acabado a la fecha, destinado a poner en contacto a Trieste con Milán, partiendo desde Venecia. Este trabajo ha excitado la emulación del comercio de Génova, que emprendía a su vez otro entre esta ciudad y Milán. Hoy, como en la época en que M. Chateaubriand hacía su viaje a Oriente por Italia, sus caminos ordinarios superan en limpieza y consistencia a los de Francia. Dependiente su destino político, más que de sus privados esfuerzos, de la suerte general de la Europa, se puede decir que camina a la par con ella; y su aptitud no hará faltar ciertamente el día, un poco distante es verdad, en que haya sido dada la señal de la general emancipación.

Entre los trabajos que recomiendan al actual soberano y contribuyen al engrandecimiento de la monarquía sarda, se debe contar indudablemente el de su codificación civil, criminal y mercantil. Carlo Alberto posee ya la gloria de haber escrito su nombre al frente de un código civil sardo. Napoleón aprendió del emperador Justiniano el secreto de inmortalizar un nombre sin el auxilio del bronce ni del mármol; y ciertamente que la soberbia fundición de la Plaza de Vendôme y el arco que se alza a una extremidad de los Campos Elíseos, no irán más lejos en la posteridad, que el monumento de sus cinco códigos, más firme que los monolitos egipcios. Esta verdad parece haber llegado a ser trivial entre los actuales monarcas de Europa, pues se ha visto que se daban códigos civiles los distintos Estados de Italia, la Austria, la Prusia, la Bélgica, los cantones de la liga Helvética.

Es verdad que no siempre se halla dispuesto un pueblo para emprender trabajos de esta naturaleza. Con ocasión de la codificación civil de los pueblos germánicos, se agitó esta cuestión, a principios de este siglo, entre los jurisconsultos más notables del Rin, y el famoso Savigny hizo ver los peligros que había en acometer el trabajo de legislar civilmente a un país, en que la ciencia extensamente cultivada, no había generalizado vastamente sus verdades y hecho populares sus teoremas. Se citó el ejemplo de la Francia, habituada a las fuertes discusiones, por el movimiento intelectual ocurrido en dicha nación durante los tres últimos siglos; poseyendo la capacidad de redactar sus textos, con la preciosa claridad y concisión, que exige el estilo de la ley, a favor de una literatura nacional altamente cultivada; y teniendo los libros de un Cujacio, un Domant, un Pothier, sobre todo, para colocar en la mesa de los miembros del consejo de Estado del emperador. Todos estos motivos han sido, sin embargo, impotentes para contener la propensión generalizada entre los estados europeos a darse códigos. Hay, pues, algo de inevitable y fatal en esta marcha de la legislación civil, que quizás se explica por lo que sucede de análogo en la materia constitucional y política. Los pueblos, en efecto, que se han visto impelidos a tomar parte en el régimen moderno de organización política, no han esperado a tener siglos de cultura mental para escribir sus constituciones. En apoyo de este instinto de los nuevos Estados, pudiera citarse el ejemplo de la España misma, que se dio el código de las partidas, cuando todavía ni había acabado de formar su lengua.

Para salir del conflicto, los Estados que han querido darse códigos, han tomado por norma el que se presentaba como más completo, el Código Civil francés. Bien o mal elegido el modelo, parece que no han podido menos que hacerlo así; y que así tendrán que proceder cuantos Estados aspiren a dar a su legislación civil una forma homogénea, clara y económica. La Italia, esta patria del derecho civil, ha sido la primera a entrar por esta senda, ¿qué otra cosa podrán hacer los países gobernados por copias del derecho civil romano? La Italia, pues, recibiendo de manos de la Francia el mismo derecho civil que esta Francia debe a la Italia, no ha cambiado el fondo de su antigua legislación; sino que consiente y se somete a un cambio de forma, que es una necesidad de la presente civilización, de la sociedad y de la justicia misma. Otro tanto, pues, habrá de sucedernos a nosotros el día que queramos entrar en el camino, por donde ha marchado la moderna codificación europea.

Sin embargo, como en él se encuentran pasos acertados que merecen el honor de la imitación, y escollos que se deben evitar, yo he creído que no perdía el tiempo que consagraba al examen de la situación y marcha que en los Estados de Cerdeña, ha seguido y tiene la cuestión de su codificación interior. He aquí, pues, el producto de mis pesquisas, según informes inmediatos con que he sido favorecido por abogados del más alto mérito, al frente de los cuales me haré un honor en mencionar al señor Badariotti, sujeto respetable en Turín, como jurisconsulto y como abogado. La acogida que me dispensó fue demasiado generosa, para que yo rehúse este homenaje de gratitud a su memoria, a pesar de la enorme distancia que nos separa. El señor Badariotti es autor de muchos artículos insertos en la Revista de Jurisprudencia de Turín; está al cabo del progreso de la ciencia en Francia y Alemania, donde se cita su nombre con respeto en una Revista de derecho publicada en Heidelberg. Es modesto como todos los italianos que he tratado, habla de las faltas de la legislación de su país con un desprendimiento que obliga al extranjero a respetarla por lo mismo. Reunía además para mí la preciosa circunstancia de ser íntimo amigo del señor Mossoti, mi maestro de física experimental en Buenos Aires, y hoy profesor de matemáticas sublimes en la Universidad de Pisa. En sus manos tuve el placer de ver cartas recientes de este sabio, que acaba de ilustrar su nombre por la invención de una fórmula algebraica, que le pone a la par de los más eminentes matemáticos de Europa. He visto respetuosas referencias a su nombre, en las actas de la Academia de las Ciencias de París. Un cierto sentimiento de gratitud me hace entrar en estos detalles, que por otro lado serían agradables si llegasen a leerse por los jóvenes del Río de la Plata.

VII. Digresión: aspecto de las calles de Génova, de los
edificios, tiendas, almacenes, cafés, las mujeres, los
eclesiásticos, la nobleza. Prosecución de los estudios
serios. Explicación del método seguido. Reseña
histórica y situación presente de la codificación en los
Estados sardos. Vistas críticas sobre estos trabajos

Recuerdo aquí que prometí al lector partir con él mis estudios serios y mis entretenimientos agradables. Faltaría a este pacto, pues, si por más tiempo le contrayese a materias graves, sin abrirle uno de esos paréntesis con que yo interrumpía incesantemente el curso de mis estudios de derecho. Para despejar el espíritu abrumado por el peso del estudio, nada como un paseo al aire libre; vamos, pues, a recorrer las calles y recibir esas impresiones resueltas y desordenadas que nos hace una ciudad que visitamos por primera vez. ¿Cuál es el viajero, por serio que sea, que no pague este tributo a los sentidos? He aquí un capítulo que se compondrá de exclamaciones, hipérboles y esas figuras más o menos fastidiosas, que sirven al lenguaje del recién llegado.

Calles hay en Génova de cuatro pies de ancho, sin la menor exageración. Un individuo parado en medio puede azotar los dos muros con sus manos. Los balcones, por consiguiente, casi se tocan. Dos vecinos pueden darse la mano de balcón a balcón. Los más bellos edificios están pintados de colores; no sé cómo los italianos, pueblo de tanto gusto, den este aire de arlequín a sus majestuosas casas. Las tiendas y almacenes son de una pequeñez extraordinaria; dos y tres varas cuadrada, es el grandor regular de ellas. En la venta de detalle o menudeo, está adoptado el sistema de las especialidades: pero las especialidades se mezclan de todos modos y por todas partes. Al lado de una joyería, está situado un cuarto de verduras; entre las estatuas de un palacio de mármol, una tienda de quesos, de zapatos o velas.

Las italianas visten a la francesa. Son pálidas, andan breve, tienen talle agraciado y lindos ojos.

Los clérigos llevan sombrero de tres picos, calzón corto, levita larga y media negra: traje que les da una figura no muy respetuosa al ojo del viajero americano.

¡Qué de frailes y clérigos en Génova! ¡Qué de iglesias, y campanas, y repiques, y dobles, y agonías!

¡Fuerte impresión la que hace a un americano el aspecto de la nobleza, institución necesaria quizás para la Italia actual! ¡Niños que apenas caminan, escoltados en los paseos públicos, por dos y tres lacayos vestidos de librea!

Los monjes, los santos, la fruta, los talleres, los palacios, los monumentos, las iglesias, son tantos y de tal modo están mezclados en Génova, que esta ciudad, unas veces y según el punto de vista, me parece un vasto convento, otras un mercado de verduras, otras un gabinete de cosas viejas, otras un jardín, otras un vasto y continuado palacio, otras un muladar, otras un ensueño de Oriente. La impresión de su conjunto, si es que tiene conjunto, es inagotable en emociones. El mármol se halla empleado con tal profusión en la construcción de las habitaciones, que a menudo se le ve servir de material de las más humildes casas. Génova posee tres o cuatro calles, que ofrecen la magnificencia de los regios palacios. Hablando de la que lleva el nombre de Strada Nuova dijo madama Staël, que parecía construida para un congreso de reyes.

Los cafés son brillantes, pero excesivamente chicos. Consisten de ordinario en una sola pieza, situada sobre la calle. El servicio es tan variado y rico, como el de los cafés de París, afamados por su elegancia. Son muy frecuentados; pero no es costumbre permanecer en ellos. La presencia de las señoras, que los frecuentan lo mismo que los hombres, ha introducido un tono de moderación y conveniencia, que los hace muy agradables. Infinidad de periódicos franceses y peninsulares, cubren las pequeñas mesas de mármol, y dan al salón el semblante de un gabinete de lectura.

Nada distingue a estas caras de mujer, que se ven en los paseos públicos de las de una ciudad americana, de las de Montevideo por ejemplo. El mismo cabello y ojos negros, la misma palidez, el mismo caminar. Aquella delicadeza de porte, pureza de color, y aire de buen tono, que señala a la mujer distinguida de la sociedad de Buenos Aires, no se ve en Génova sino en pocas señoras de la nobleza. Las genovesas no saben vestir por lo común. A un paso de París, imitando como imitan sus modas, están ciertamente muy atrasadas a este respecto. Sin embargo, se debe confesar que poseen el gusto de la sencillez y llaneza en el vestir, que tanto distingue a las francesas, y que en América, donde la humildad de las fortunas y el espíritu del gobierno debieran establecerlo, apenas es conocido.

Las italianas (de Génova), tienen pie grande; la espalda dulcemente arqueada, pálida la tez, y no bien tersa y blanca. Las lindas bocas son tan raras, como son ordinarios los hermosos ojos. A pesar de que las mujeres de Génova, pasan por ser la más bellas de Italia, después de las de Vicenza yo no he visto sino poquísimas que pudieran llamarse bellezas. Yo había visto, en otra parte, que la naturaleza ha copiado a Rafael, para hacer la mujer de Italia. Veo ahora que así es en efecto, pero tengo que confesar que la copia no es buena; y creo que mejor lo hace la señora maestra, cuando inventa y crea con sus recursos, que cuando copia.

Demos ahora una conversión hacia nuestro objeto favorito —el derecho y la legislación—, dejando las impresiones de la calle pública, para el paseo de otro día. Tal es el plan que prometí y que llevaré a cabo: pasar alternativamente de las cosas serias a las de mero entretenimiento y viceversa, en la redacción de estos artículos, como lo hacía en el curso de mi residencia en Europa, y lo hacemos todos en el curso de nuestra vida en Europa y América. Si yo me contrajese exclusivamente a lo que concierne al derecho, se me diría que desnaturalizaba el Folletín, si solo me ocupase de sensaciones y objetos exteriores de interés ínfimo, no faltaría razón para decirme que abusaba de la indulgencia del lector juicioso. Se concibe pues que con este plan, reflejo exacto de la vida de un viajero que no lleva programa oficial, me será imposible establecer en mis artículos el método de los tratados de geometría. Y ciertamente no me ocurre lo que hubieran podido hacer Dumas, Lamartine, etc., si se les hubiese exigido que expusiesen sus impresiones de viaje según el método ideológico enseñado por el abate Condillac. Es probable que el uno habría dicho: la razón lógica que tengo para hablar de Aix y de Chambery, en mis viajes a Italia, es que ellos son los dos pueblos que siguen a Ginebra, procediendo por este itinerario, que es el más frecuentado de los viajeros franceses. El otro habría observado que hablaba de este punto primero que aquel otro, en las costas del Mediterráneo, a causa de una variación en el derrotero, ocasionada por un cambio de viento; y que un día escribía en el estilo de la elegía, y otro en el de la canción, porque la tristeza y la alegría se sucedían alternativamente en su alma, sin que la dialéctica interviniese para nada en el orden de estas impresiones.

Vamos, pues, a la reseña prometida del modo como han sido confeccionados los códigos de legislación interior, en los Estados sardos, y cuál es allí el estado presente de esta importante tarea.

La alta Italia occidental, con la isla adyacente de Cerdeña, y la Saboya, componen los Estados del rey de Cerdeña, que toma en los tratamientos públicos de duque de Saboya, de Aosta, y de Génova; príncipe de Piamonte, etc.

La isla de Cerdeña se rige por leyes especiales y propias; es decir, por los edictos del rey, llamados pregone, por las leyes municipales compuestas de la pragmática sanción y del edicto del duque de San Juan, antiguo virrey, algunos otros estatutos particulares y en fin el derecho romano y canónico.

La Italia occidental y la Saboya, que componen la división de Torino o Turín, capital de los Estados, Cuneo, Niza, Génova, Alessandria, Novara, Aosta y Chambery, se rigen por las mismas leyes, promulgadas desde 1839 basta 1843, componiendo los siguientes códigos:

Código civil
Código penal
Código penal-militar
Código de comercio

Eran también uniformes en las ocho divisiones mencionadas, las leyes de proceduría civil y criminal como así mismo las que componen el derecho comercial, con excepción de la división de Génova donde estaba en rigor el código de comercio francés y las leyes de proceduría a él referentes, como la forma y constitución misma de los tribunales mercantiles.

El rey Carlos Alberto desde su advenimiento al trono, en 1831, formó el designio de proporcionar a sus súbditos una legislación «única, cierta, universal, conforme con los principios de la religión católica romana y de los que sirven de fundamento a la monarquía». (Véase el proemio del Código Civil.)

Efectivamente, la legislación de los Estados sardos, en los tiempos anteriores a la publicación de los cuatro códigos sobredichos, adolecía de falta de unidad, certeza o precisión y universalidad.

No era única, porque en la división de Génova, estaban en vigencia los códigos civil y comercial franceses.

No era cierta, porque a exceptuar la división de Génova, en las otras divisiones se observaba, para la decisión de las causas, las constituciones del año de 1770, los estatutos locales, y las decisiones de los magistrados supremos, y por último, el resto de las leyes comunes, es decir, de las leyes romanas colectadas en el «Digesto», en la «Instituta» y en el «Código», y las leyes eclesiásticas colectadas en dos volúmenes, bajo el título de Corpus juris canonici.

Ningún juez podía conocer perfectamente aquellas fuentes del derecho, sea por su número y volumen, sea por la escasez de las colecciones auténticas de los estatutos locales y las decisiones de los magistrados supremos.

Añádese a esto que los edictos antiguos y nuevos de los predecesores del rey Carlos Alberto, a partir de 1430 hasta 1831, reglaban el Estado, no solo en lo económico, sino también en otras muchas materias que estaban comprendidas en las decisiones de los magistrados.

Tampoco era universal, porque los reyes católicos de 1770, y las otras fuentes de las leyes solo trataban de materias especiales, sin orden ni plan uniforme y compacto.

El rey Carlos Alberto, dio en los años de 1833 y 1834, a su «guardasellos», Barbaroni, abogado patrocinante a la sazón, el encargo de compilar los Códigos civil, penal, de comercio, y de proceduría civil y comercial.

El se ocupó ante todo del Código civil.

Una comisión de magistrados fue nombrada para que presentase un proyecto de este código.

La comisión nombrada redactó su proyecto bajo la dirección de dos magistrados y del «guardasellos» Barbaroni.

Enseguida de esto, se remitió el proyecto a los cuatro senados, quiero decir a los senados de Turín, de Chambery, de Niza, y de Génova, los cuales hicieron sus observaciones.

La comisión contestó a estas observaciones y redactó un segundo proyecto de «Código civil».

Este segundo proyecto fue sometido al consejo de Estado. Oídas sus observaciones, y previo el mandato del rey, se compiló el Código civil, que fue publicado en 1839, y puesto en vigor del 15 de enero de 1840.

En cuanto al Código de comercio, su publicación se hizo en 1842, y se mandó que fuese observado desde el primero de julio de 1843; lo cual no tuvo efecto por la circunstancia que diré más adelante. Es de notar que en 1838 se creó un quinto senado en la ciudad de Casale, al cual fue también remitido el Código de comercio.

El Código penal militar, es considerado como una ley anormal, compulsada por una comisión mixta de magistrados judiciarios y de militares.

Una comisión se ocupaba, en la época de mi permanencia en Turín, de la redacción de un código de proceduría civil y de proceduría criminal; rigiéndose entretanto, a este respecto, los tribunales de Génova y Turín, por estatutos especiales de que más adelante daré noticia.

Para la compilación del Código civil, se tomó por norma el Código civil francés. Sin embargo, como la legislación sarda debía conformarse con los principios de la monarquía absoluta y con los de la religión católica romana, fue necesario que se hiciesen variaciones en el Código francés, y así se hizo en efecto, muy especialmente en lo que mira al goce de los derechos civiles, a los actos o instrumentos del estado civil, a las disposiciones concernientes al matrimonio, a la patria potestad, a las sucesiones y testamentos.

Se había establecido en el proyecto de código civil sometido a las observaciones del consejo de Estado, que la patria potestad se disolvería con el matrimonio de los menores. El consejo de Estado quitó esta disposición, pero se mostró ilógico desde luego que dejó en pie otras muchas que eran emanación y dependencias de ella, lo que trajo la contradicción que existe entre varios artículos concernientes al efecto de la patria potestad.

Muchas otras contradicciones fueron advertidas entre varios artículos del mismo código, y esto provino de que fueron varias y frecuentemente puestas las fuentes en que se bebió para su composición. Es constante, en efecto, que fueron copiados a la vez y con no mucho discernimiento, el Código austriaco, el Código de Nápoles, el de Parma, y otros muchos; emanando de este modo, cada artículo de principios distintos y muchas veces contradictorios. Resultó de aquí que llegó casi a ser imposible a los profesores de la universidad el enseñar el derecho romano, y como hasta cierto punto lo es el mismo Código Civil francés.

En la compilación del Código de los delitos y de las penas, se tomó también por norma el Código vigente en Francia. Pero aquí también, en la necesidad de subordinar el derecho sardo a los principios que el rey había dado por bases para la redacción del código, fue necesario introducir gran número de variaciones, con especialidad en los delitos que miran a la religión, al rey y a su gobierno. Sobre estos puntos, está convenido que fueron olvidados completamente los principios de derecho criminal reconocidos y observados por naciones civilizadas. No así en el resto de la compilación penal, en que, puede asegurarse, fueron consagrados casi totalmente; pues el senador Garbiglia, que confeccionó aquel código, bajo la dirección del conde Barbarous, era según se me ha afirmado, sujeto hondamente iniciado en el progreso de la ciencia entre los escritores franceses e italianos.

Como la influencia de los principios arriba mencionados, a los que según el encargo del rey, debían ajustarse los redactores del código, no debía ejercer gran influjo en la redacción del Código de Comercio, ha sucedido que el de esta naturaleza, escrito para los Estados sardos, se reduce a una nueva edición revista y corregida del Código de Comercio francés. Pero felizmente esta uniformidad había sido requerida y solicitada por los compiladores o traductores, como medio de estrechar vínculos de recíproca confianza, que de ordinario solo se deben a la intimidad de las relaciones comerciales.

Era sensible la necesidad de introducir ciertas mejoras y adiciones en el Código de Comercio francés, adoptado por la Holanda y por otras naciones de Europa, pero no se hacían, según lo he oído a personas bien informadas, por la razón de que el conde Barbarous y los miembros de la comisión encargada de redactar el proyecto, tenían el convencimiento de su insuficiencia y poca versación en materias comerciales, para introducir disposiciones nuevas, que una larga experiencia no había dado a conocer como útiles.

Debía seguir al Código de Comercio, la publicación de un reglamento de proceduría comercial, que debía tener lugar el primero de julio de 1843. Pero el conde Barbarous, avanzado ya en edad, con su salud quebrantada y desorientado en materia de comercio, no pudo compilarle de modo que le satisficiese a él mismo y fuese conforme al plan anunciado, y sucumbió al dolor de esta dura posición. Fue seguramente a consecuencia de esto, que le sobrevino una enfermedad cerebral, que le acarreó la locura, en cuyo estado se dio muerte arrojándose desde un elevado balcón.

La aparición de los nuevos Códigos Civil, Penal y de Comercio, dio origen a una multitud de publicaciones periódicas, y de libros consagrados a su comento. Pero como nunca se dio publicidad a los motivos, discusiones y trabajos preparatorios de dichos códigos, de muy poco o nada sirvieron aquellas publicaciones a los magistrados, a los profesores de legislación y a los estudiantes de derecho.

El único abogado, que se sepa, a quien se haya dado el permiso de consultar y registrar dichos trabajos preparatorios, es el señor Pastore, de Turín: quien solo aprovechó de esta ventaja desde el tercer volumen adelante de su comentario al Código Civil.

Las publicaciones y libros arriba mencionados forman una colección de las sentencias y juicios de los magistrados supremos; pero una publicación llena de lagunas, porque el Senado de Turín no ha permitido que se leyesen sus sentencias y se tomase copia de ellas.

A pesar de esto, se compilan algunas sentencias de dicho cuerpo en dos obras periódicas, que se imprimen en Turín, bajo los títulos de Diario forense y Anales de jurisprudencia.

No hay noticia de que las sentencias de los Senados de Niza y Chambery, hayan sido colectadas por este mismo orden. El abogado Gervasoni colecta las sentencias del Senado de Génova; y el abogado Mantelli las del Senado de Casale.

En los Anales de jurisprudencia y en las obras del abogado Mantelli, publicadas en Casale, se encuentran algunas disertaciones y observaciones sobre algunos juicios, con aumento de las decisiones de las cortes de Francia, Parma, Nápoles y otros países. En la isla de Cerdeña se imprime también una colección de juicios.

Todas estas publicaciones han dado a conocer una cosa, y es que el rey Carlos Alberto no conseguirá su intento de dar a sus súbditos una legislación única, cierta y conforme a los principios del catolicismo y de la monarquía, si no instituye una: «Corte de justicia» semejante a la de Casación, en Francia, que sirva como de centro en cuyas decisiones reciba la jurisprudencia del reino, un carácter general y uniforme. De otra manera sucederá siempre lo que se ha visto hasta aquí, y es que los cinco senados han adoptado sobre cuestiones de un mismo orden máximas diferentes y muchas veces contrarias a sus intenciones.

VIII. Crítica que en los Estados sardos hace la opinión sabia a la enseñanza jurídica. Breve digresión sobre la instrucción publica: Universidades de Génova y Turín. Conducta del gobierno hacia ellas. Una función de grados en la de Turín. Magnificencia del edificio en que está la de Génova. Contraste de ella con la Sorbona de París. Régimen y policía de las aulas. Número de los estudiantes que las frecuentan. Disposiciones de la juventud. Por qué desmaya. Situación literaria; por qué es subalterna; ella no carece de grandes inteligencias. Predilección por las ideas francesas

Los espíritus serios han notado la necesidad en que el gobierno sardo se halla de poseer empleados judiciarios preparados convenientemente por estudios adecuados, y bien orientados en el estado de la ciencia administrativa por lo tocante al régimen de los tribunales. Desgraciadamente esto le será bien difícil mientras las cosas sigan como hasta aquí; pues es sabido que en la universidad del reino no existe la enseñanza de las lenguas modernas más cultas, tales como la francesa, el alemán y el inglés, como es desconocida también la enseñanza de los ramos de las ciencias morales, que hacen relación al gobierno de los negocios extranjeros, interiores y financieros. En lo tocante a la legislación, faltan también en la universidad, muchas cátedras de importancia vital; pues parece desconocerse allí hasta el nombre de la filosofía, de la historia del derecho que es la luz del comentador, y de la jurisprudencia propiamente dicha. Se comprende fácilmente cuál es la naturaleza de los motivos que conducen al gobierno de los Estados sardos a restringir de este modo el progreso del pensamiento; pero es evidente que si esta política puede convenir al mantenimiento y sostén del absolutismo monárquico, ella es perniciosa por otra parte al engrandecimiento y progreso de los intereses mismos del trono. Se halla pues este gobierno en la alternativa, o de dar a su política bases más ilustradas y extensas, y en este caso pone en riesgo su principio absoluto; o de promover la abyección de los espíritus como medio de conservar el principio despótico, y en tal caso se debilita él mismo y se labra una posición subalterna con relación a las otras naciones.

Estas reflexiones me encaminan a una breve digresión sobre el estado de la instrucción universitaria y el movimiento de las ideas en esta porción de la alta Italia septentrional. La universidad, la librería extranjera, la prensa del país nos ocuparán sucesivamente, con la brevedad propia de este género de publicaciones.

Es inútil observar que en los Estados sardos no existe la libertad de la enseñanza. Independientemente de las trabas comunes a ella como a todo lo que pertenece a las ideas, la enseñanza es monopolio de la universidad, cuya centralización, más antigua que la establecida por Napoleón en Francia, posee dos grandes focos y son la Universidad de Génova y la de Turín. La constitución regular de la de Turín data de los primeros años del siglo XV. Durante esta época permaneció sin rival con motivo de la supresión de la Universidad de Savigliano. Después de su traslación operada con motivo de la ocupación y desastres de 1536 y 1562, fue reorganizada con mayor esplendor por Emanuel Filiberto, que la dio el derecho exclusivo de conferir grados de licenciado y doctor. Carlos Emanuel completó su organización por un nuevo reglamento.

Posteriormente ha recibido cambios reiterados en los que unas veces ha ganado y otras perdido. Un real billete de 1841 creó tres cátedras de matemáticas, dos de química, una de arquitectura y otra de arte veterinario; otro posterior, de marzo de 1815, estableció una cátedra de mineralogía y otra de zoología. Pero una decisión ministerial de 1821 hizo cesar las de arqueología y física trascendental, y otras no menos importantes. Pocos e insignificantes cambios han verificado después. En ella, como en la de Génova, se conocen cuatro facultades que forman el plan general de enseñanza, a saber: la de Teología, la de Derecho, la de Medicina y Cirugía y la de Filosofía y Bellas Letras.

En un día en que se conferían grados de doctor en derecho, he visitado el edificio de este establecimiento, mucho menos suntuoso que el de la Universidad de Génova, pero diez veces más bello que el de la Sorbona, en París. El salón en que esta ceremonia tenía lugar, más modesto por su aparato material que el de la Universidad de Buenos Aires, era imponente por la multitud de hombres notables en la ciencia que allí se encontraban. El tono allí reinante era menos rígido y austero que lo es de ordinario en casos semejantes, entre nosotros. Sin embargo no vi allí los abrazos y demostraciones de emoción que en estos actos es de práctica prodigar en nuestras universidades. Las tesis son escritas en latín, y el examen tan cortés y galante por parte de los profesores, como los he visto en la Sorbona y la Escuela de Derecho en París. El bonete que simboliza al doctorado, no se coloca en la cabeza del graduando, según es frecuente en América; se simula no más este acto; se le pone, sí, la toga doctoral; y el portero armado de una enorme maza de plata, que conduce al hombro, le acompaña de la cátedra a la presencia del rector, donde hincado, presta el juramento formulado en un escrito que lee con voz baja. Se supone que esto se pasa, luego que recogidos en un plato los votos de los profesores, el estudiante ha sido proclamado ¡aprobado! por los labios del portero vestido de toga y calzón corto.

Si esta universidad, como establecida en la metrópoli del reino, que es uno de los más grandes focos de labor intelectual, no solo de Italia sino de Europa, sobrepasa a la de Génova, por estas circunstancias, la otra a su vez posee condiciones que la hacen notable por otro título.

El palacio de la Universidad de Génova, porque en efecto es un palacio el edificio en que está establecida, cuyas columnatas y escaleras de mármol de una blancura deslumbrante ofrecen el aspecto de un bosque de brillantes pilares, más bien que a un colegio se asemeja, como lo han dicho muchos viajeros, a un palacio de Oriente. Su arquitectura es de soberbio estilo. Ha sido construido bajo la dirección y según los diseños de Bartolomé Bianco. Fue hecho construir por los padres jesuitas, en 1623, con asistencia de la familia Balbi, que tenía uno de sus miembros en el seno de aquella congregación; en él se establecieron, y fundaron un colegio, que mantuvieron hasta 1773. No fue sino en 1783, cuando se reunieron en este local las distintas facultades de la universidad, que hasta entonces habían existido dispersas en la ciudad; y desde dicha época se sometieron a los reglamentos que rigen hasta el día.

Sería eterno detenerse en la descripción de los hermosos salones que sirven a los trabajos de las distintas facultades, y en los ricos detalles de arte arquitectónico que hacen notable a este majestuoso edificio. Haré mención únicamente de la gran sala que sirve para los exámenes y funciones solemnes de la universidad. Esta pieza está pintada al fresco por el famoso Andrés Carloni. Sírvenle de ornamento, un hermoso cuadro que representa la circuncisión de Nuestro Señor, en figuras de medio tamaño, obra de Sarzana, y seis bellísimas estatuas en bronce de estatura natural, entre las que sobresalen las de la Fe y la Esperanza, sin que por eso desmerezcan las de la justicia y la Caridad, situadas en el fondo de la sala. Se asegura que son estas las únicas obras que quedan en Génova del famoso Juan de Bologna. Primeramente aquel salón estuvo destinado para teatro privado de la familia Balbi. Más tarde cuando el jefe de esta familia entró al orden jesuítico, sirvió de capilla; y hoy es un lugar consagrado a las solemnidades universitarias. Caben en él con mucha comodidad más de 1.500 personas. A la mitad de su altura hay un balcón que circunda toda el arca, sosteniendo una balaustrada de mármol blanco, donde se colocan centenares de espectadores, en los actos públicos.

Naturalmente el viajero que contempla esta maravilla, se pregunta al instante si los actos científicos que en él se pasan corresponden por su importancia y altura a la pompa que resalta a los ojos. Desgraciadamente es notorio que sucede lo contrario; y que tanta como es la brillantez que se ostenta por fuera, es cerrada y densa la sombra que circunda y envuelve a la cátedra. Bien humilde es el salón, que, en la Sorbona, se halla destinado para los actos de esta naturaleza; pero ciertamente que las pinturas al fresco de Carloni, los cuadros de Sarzana, y las estatuas de Juan de Bologna, son bien pálidos en comparación del brillo que despide el grupo de inteligencia y la instrucción que he visto reunidos, en aquel sofocante y estrecho recinto, en un día de exámenes.

Los cursos comienzan el 15 de noviembre y se prolongan hasta el fin del mes de julio. Las lecciones solo duran hora y media; se dan alternativamente en distintos días de la semana. El profesor dicta en latín su lección, y los alumnos escriben hoy la que traerán dos días después, no literalmente aprendida, sino solamente en espíritu y sustancia. La conducta y porte de los estudiantes en el aula, son modestos y humildes, sin ser pusilánimes. Los profesores gastan suma indulgencia para con las faltas reglamentarias, que tal vez por eso mismo son menos frecuentes.

El número de estudiantes que, por lo regular, frecuenta la Universidad de Génova, es de 483. He aquí la estadística y distribución de su personal en 1837:

Estudiantes de teología	6
de derecho	159
de medicina	101
de cirugía	35
de filosofía y bellas letras	122
de matemáticas	24
de farmacia	36
	483

La juventud, tanto en Génova como en Turín, es bien dispuesta, y presta más asistencia y afición que la que merece y es capaz de inspirar un plan de enseñanza visiblemente inferior a la altura en que se encuentran los espíritus en esta bella porción de la Europa. Se puede afirmar que en ciencias morales, los profesores son menos solícitos que los alumnos, lo que demuestra la poca afección que tienen ellos mismos por una enseñanza que está en contradicción con sus ideas. Derecho público, ciencia administrativa, economía política, historia moderna, profana, son cosas de que hasta el nombre está vedado. Preguntando yo una vez a un joven abogado cuál era la razón porque no se permitía la enseñanza de estas materias, me contestó sonriendo: porque se teme que la juventud las aprenda sin que se las enseñen. A nadie se oculta la conexión que este ramo de la enseñanza tiene con la libertad; y los jóvenes le cultivarían clandestinamente, a pesar de las trabas puestas a la circulación de tratados elementales sobre él, si aquel estudio les prometiese algún fruto, o fuere susceptible de algún género de aplicación en un país gobernado despóticamente. No hace mucho que a un profesor notable de Turín se le prohibió de una manera especial que titulase su enseñanza: cátedra de filosofía del derecho.

En cuanto a la enseñanza primaria, ella no está menos sujeta que la otra a trabas y restricciones dolorosas. A pesar de esto el número de niños que frecuentan las escuelas elementales de los seis cuarteles de la ciudad de Génova, es el de 1.490; el de las escuelas privadas, autorizadas por la universidad, de 1.876. La universidad tiene acordada su autorización a 116 maestros de escuela; y a sesenta maestras para instrucción de niñas, cuyo número según se me ha afirmado, no baja de mil.

Por lo demás, la policía acecha la vida del estudiante como la del más sospechoso de los súbditos. Por un estatuto reglamentario de la universidad, les está prohibido el ir a nadar, entrar en los teatros, en las casas de billar, en los bailes, en las fiestas de máscaras, comer y beber en las fondas; todos los actos, en una palabra, que constituyen la vida del estudiante prusiano, parisiense o español. Es de aquí, pues, que la juventud italiana, destituida de ambición política, por falta de medios y objeto para arribar a una popularidad sin fruto, se agobia y postra cuando llega el día de su entrada en el mundo, bajo el peso de la necesidad de vivir y de vivir con lustre; y entra en el camino humilde de la transacción con lo establecido, a despecho de su conciencia, cuyas convicciones aparenta abandonar como quiméricas, para vestir al menos su apostasía con un color menos desagradable.

Privada del alimento de la libertad política, la literatura tiene una existencia oscura y secundaria en los Estados sardos. Son raras las veces que pone en circulación una producción notable. Sin embargo, esto no quiere decir que falten en dicho país inteligencias de primera línea; pues son bien conocidos los nombres de los Costa, los Romani, los Brofferio, los Giuria, los Prati, para que tal aserción pudiera sostenerse. Pero es indudable que estas bellas capacidades luchan con los crueles inconvenientes de un sistema de opresión y censura mental que hace imposible el parto de aquellas obras en que el genio se revela con todos sus soberanos atributos. Entretanto, la literatura francesa hace las veces de la nacional, al favor de una popularidad muy fácil de explicarse. Desde la conquista de Napoleón en Italia la juventud de los Estados sardos, habla y escribe el francés casi perfectamente; y no hay persona del pueblo que al menos no comprenda o lea esta lengua. Esto unido a la superioridad reconocida de los libros franceses y a la escasez e inferioridad de los italianos, hace que allí las librerías, los estudios de los abogados, las bibliotecas, los gabinetes de lectura no se compongan sino de libros franceses, indiferentes, eso sí, a las materias religiosas, pues el siglo XVIII, todo entero y en cuerpo, está prohibido de entrar en el territorio a excepción del abate Saint-Pierre. ¡Hasta los grabados franceses gozan de alta estimación en este país de la pintura! ¡Hasta las vistas de las iglesias francesas, no hablo de la linda Nôtre Dame, sino de la prosaica y profana Magdalena, se aprecian en este país donde hay doscientas iglesias llenas de maravillas de arte y riqueza!

IX. Predilección por las ideas francesas. Odio a la
Austria y al germanismo. Tendencia de la Italia y de
la Europa en general a lo positivo, a la política, a los
intereses materiales e industriales. Nueva dirección
del arte y de las letras. Deberes de la España, y de
la América meridional sobre todo, de abrazar este
movimiento. Dirección que los nuevos Estados
americanos deberían dar a la alta enseñanza. Prosigue el
cuadro de la situación mental de Italia. Legislación de la
prensa en los Estados sardos. Cuestión que ella provoca,
importante para Sudamérica. Prensa periódica de Turín.
Romani su corifeo actual. Notabilidades sabias de aquel
país

Se debe confesar que esta predilección por los franceses viene en gran parte del odio de los italianos a la Austria, cuya
influencia les es tan funesta. De la política se extiende al pensamiento mismo esta aversión, en tal extremo que hasta la
ciencia misma que viene del septentrión es repelida con en-
cono. La abstracción es odiada porque huele a germanismo;
las teorías alemanas son llamadas nieblas del Norte. En Turín no hay dos hombres que conozcan a fondo los sistemas
filosóficos de la Alemania; y si alguna idea se tiene de ellos,
es por el órgano de la Francia, que en los últimos tiempos se
ha alimentado del espíritu y de las doctrinas del Rin. Sería
curioso que esta antipatía llevase en adelante a los italianos
a entregarse a la metafísica y a la abstracción, tan opuestas
a su carácter, con motivo del movimiento que se opera hoy
en Alemania hacia las ideas positivas y prácticas. En efecto,
la anarquía de los sistemas en el terreno de la ciencia y de las
letras, y la dirección de los espíritus hacia los intereses de orden material y político, parece ser común a todas las nacio-

nes de la Europa. La iniciativa trascendental y metafísica de la Alemania ha desaparecido; no hay un filósofo, no hay un sistema que prepondere sobre los demás. La grande escuela de Hegel, después de la muerte del maestro, se ha dividido en diez campos rivales y antagonistas, que se despedazan sin piedad. Por lo demás, esta antigua patria de la abstracción se ha saciado del infinito y de lo vago, de lo general, de lo teórico; hoy camina tras de los prácticos resultados, y se dirige completa y decididamente a la acción, a lo positivo, a lo material, a lo especial. «La filosofía, el arte, la poesía, la teología misma, y todas las obras del pensamiento han abdicado su santa independencia. Ya no son más que instrumentos de la política.» El derecho público, las finanzas, los caminos de fierro son los objetos que forman la orden del día entre los pueblos habitadores del Rin y del Danubio. Pues bien, tal es igualmente la dirección que las más altas y poderosas inteligencias jóvenes, abrazan en este momento en Italia y Francia. En Génova y Turín, son dos abogados jóvenes, los señores Bigna y Pellegrini, los que figuran como corifeos del movimiento que en Francia expresan mejor que nadie los señores Cormenin y Chevalier. Ya las generalidades literarias, la fiebre romántica, los poetas, los socialistas indefinidos y vagos, el romance y la crónica estériles, los hombres de misión e inspirados, los evangelistas de nuevas sectas, van en retirada y solo conservan prosélitos entre las mujeres del pueblo, los niños que salen de las escuelas primarias, y los escritores de provincia. La disciplina literaria, el culto de las formas, el gusto por lo claro, lo sobrio, lo normal, reaparecen de más en más. El poeta Costa, lima diez años su poema el Colón, Víctor Hugo se hace académico, y su último drama, Les Burgraves, es mal acogido; Dumas ve que la Puerta de San Martín queda desierta, y escribe para el Teatro Francés, Las Señorita de Saint-Cyr. Ponsard escribe su Lucrecia, y la estadística revela una baja de un ciento por ciento en la venta de las obras de Víctor Hugo, con motivo de la aparición de aquel trágico.

¿Por qué, pues, la España, a la que con tanta razón se echa en rostro, como falta profunda, su pobre y estéril abundancia de poetas y literatos, al mismo tiempo que su lamentable escasez de hombres de Estado y de finanzas, no entraría también en esta senda que le señalan sus hermanas la Francia, la Italia y la Alemania? En cuanto a la América del Sur, esta gran mitad de la familia española, no seré yo quien me atreva a pronosticar que ha de preceder a la madre patria en la realización de este movimiento, que indudablemente está destinado a absorber la actividad de sus futuros días: pues por ahora no veo los síntomas que puedan autorizarme para formar esta opinión. Quizás el mal se halle menos profundamente arraigado entre nosotros, que lo está entre la parte de nuestra familia moradora de la península, y esta circunstancia sirva para colocarnos más pronto en el camino de una vida seria. Cuando uno se fija en el progreso que los intereses materiales hacen en estos pueblos, que la guerra no cesa de conmover, llega a concebir esperanzas vehementes de que puede no tardar en aparecer una era de reposo y bienestar para estas ricas y turbulentas regiones. Mucho podrían hacer los gobiernos de los nuevos Estados a este respecto, con solo verificar un cambio en el plan de la alta enseñanza, seguido hasta hoy en casi todos ellos, a ejemplo del muy desacertado que Buenos Aires puso en planta en los años que siguieron al de 1821. Reducido al exclusivo y especial cultivo de las ciencias morales, solo ha producido abogados y escritores políticos, por decirlo así, cuya propagación ha sido quizás una de las causas que han concurrido no débilmente a mantener en ejercicio y actividad las pasiones anárquicas y revolucionarias, que por tanto tiempo han agitado a nuestras sociedades. Entretanto es indudable que lo que habría convenido y convendrá por muchos años a estos países, es acometer de frente la obra de sus mejoras materiales y prácticas, con el fin de arribar por esta vía y no por otra al goce de la libertad, que en vano se ha querido conseguir por el falso camino de las ideas morales y abstractas. En este océano de territorio, llamado América del Sur, donde los caminos, los puentes, y los medios de transporte, son mejores instrumentos de civilización y libertad, que las cátedras de filosofía y los papeles literarios, no tenemos hombres capaces de concebir y presidir al desempeño de grandes y útiles trabajos de esta naturaleza. ¿No imitarían nuestros gobiernos a esos nuevos Estados del Mediterráneo oriental, que han enviado a los países más adelantados de Europa misiones científicas, con el objeto de trasladar a su suelo la planta de un saber provechoso y sólido? ¿O sin adoptar este medio, no promoverían el fácil establecimiento de una enseñanza que comprendiese con preferencia a tantos otros estudios estériles, la de la administración civil, militar y marítima; la mecánica y la hidráulica aplicadas; las minas y fundición; las construcciones navales y el genio marítimo; las fábricas y las artes manuales; el genio civil y la arquitectura aplicada a la construcción de caminos, puentes, canales, acueductos; la estadística, el comercio y la ciencia del crédito y de los bancos? Al menos ellos pueden estar seguros de que por este medio obtendrían la estabilidad que no dan los ejércitos y cañones, y que solo acarrean el trabajo, sostenido y alimentado por la aptitud y los medios de consagrarse a él.

Pero, lector, advierto que nos hemos alejado tres mil leguas de la Italia, dejando por estudiar la legislación que reglamenta el pensamiento y la prensa en los Estados sardos. Volvamos pues sobre este importante objeto, y veamos cómo en aquel país sucede al revés de lo que pasa en los nuestros;

pues allí sobra ciencia y falta prensa; mientras que en nuestra América del Sur sucede con frecuencia que es más lata la prensa que el saber.

En los Estados sardos no existe ley que con especialidad esté destinada a dar organización a la prensa. Tampoco existe, de consiguiente, un tribunal especial para el conocimiento de los procesos originados por las contravenciones hechas a los reglamentos y estatutos parciales, que sobre esta materia se hallan en vigencia. Las producciones locales del pensamiento, y las importadas del extranjero, están sujetas a una doble censura civil y eclesiástica, que debe preceder a su circulación bajo severas penas. La antigua legislación sobre el particular es digna de mención; ella echa los cimientos de la que hoy existe y funda las tradiciones a que el gobierno permanece sujeto, no menos que parece estarlo el país mismo.

Carlos Emanuel, dio las primeras disposiciones que formalizaron un tanto la prensa, en los años 1602 y 1648. Por ellas fue establecida la pena de muerte no tan solamente contra el libelista, sino también contra todo impresor, librero o particular que imprimiese, vendiese o distribuyese una obra que no hubiese obtenido la autorización del gran canciller y del superior eclesiástico. Edictos posteriores prohibieron la importación de libros en los Estados, sin previo permiso escrito dado por los inquisidores. Pero a mediados y fines del siglo pasado, se suavizó el rigor de aquellas disposiciones, que las luchas de la reforma religiosa habían hecho nacer, por leyes que sujetaban la importación a una mera revisión previa, sin la que no podían las aduanas dar curso a su introducción. Modificada sucesivamente esta opresiva legislación, a la par de los adelantos del espíritu de tolerancia en Europa, ella conserva aún mucha parte de su fondo primitivo. Una carta-patente de agosto de 1829, manda que no se pueda establecer imprenta sin previa autorización del rey, cuya solicitud debe aparecer munida de certificados que acrediten al introductor como sujeto de rectas costumbres y honrada conducta, habiendo además hecho un aprendizaje, en la materia, de cinco años y su curso de estudios hasta el de retórica inclusive. Otra carta-patente de 1833, prohíbe absolutamente la introducción, publicación o circulación de periódicos contrarios a los principios de la monarquía. En 16 de diciembre de 1835, se ha establecido que los periódicos que contuviesen artículos sobre política, estén sometidos a la censura; y su aparición a un permiso previo acordado discrecionalmente por el ministro de relaciones extranjeras, quien a su agrado puede revocar las autorizaciones otorgadas, conferir nuevas y nombrar revisores.

Se deja ver desde luego que no es muy liberal este sistema, sobre todo si se le compara según la rutina de moda en nuestro tiempo, al que rige en Estados Unidos. Pero lo que sería digno de un espíritu juicioso, en vez de lanzarse a vanas declamaciones en favor de la libertad del escritor, sería indagar hasta qué punto el ejercicio de esta preciosa libertad, puede ser provechoso a países faltos de preparación, que no obstante anhelan por lanzarse en los brillantes peligros de la vida representativa: cuestión ardua y fecunda que hace nacer en todo espíritu serio la contemplación de la Italia presente; y cuya resolución podría interesar a los destinos actuales de la América del Sur, mucho más de lo que piensan los apóstoles de la libertad en abstracto y sin referencia a las circunstancias peculiares de la edad y del país, en que se ensaya su realización.

Se cuenta no obstante en la capital de los Estados sardos, el siguiente número de publicaciones periódicas. Una gaceta política, consagrada a la defensa del gobierno (a quien nadie ataca), con anuncios judiciarios y particulares, aparece todos los días, menos el domingo. Tres revistas mensuales de jurisprudencia, ciencias medicales y agricultura. Cuatro publicaciones semanales, conteniendo artículos de política, variedades y leyendas populares. Una más del mismo género consagrada a la crítica científica, literaria, etc. El conocido Mensajero Torinense. Una publicación semanal en que se colectan las leyes y disposiciones administrativas. Hácense también entregas semanales de una compilación permanente de decisiones y sentencias de los tribunales, cuestiones de derecho práctico, etc. Y algunos otros periódicos de poco interés destinados a variedades y teatros.

El primero de estos periódicos, la Gaceta Piamontesa, es oficial, como he dicho, y posee cuatro redactores, de los cuales, tres escriben la parte política y estadística del papel y el cuarto está encargado del folletín. Yo fui presentado al principal de los que componen la primera categoría, el señor Bianchini. Este caballero se llenó de admiración cuando supo que yo procedía del Río de la Plata. En el curso de la conversación me preguntó si había conocido yo en América a un abogado amigo suyo, nombrado Viamont, domiciliado en Nueva Orleans o Nueva York. Así es conocida en aquellos países por los hombres más distinguidos la geografía americana. En Turín es considerado un hombre que va de estos países, como nosotros miramos a un habitante de la China, venido a nuestras regiones. De aquí es que nada iguala por allí al título de poseer una nacionalidad tan remota como la nuestra, para hombres que llaman largos viajes a los de trescientas y cuatrocientas millas.

El señor Romani, autor lírico-dramático, conocido por sus libretos que han servido a las particiones de Rossini y Bellini, es el redactor del Folletín de la Gaceta, contraído regularmente a la polémica literaria, artística, científica y meramente erudita. Por este trabajo que se recomienda más bien por el nombre del autor, que por el talento con que está desempeñado, gana el señor Romani 6.000 francos anuales. Esta posición que el célebre poeta explota hábilmente en su provecho personal, le granjea en desquite, la aversión de la parte liberal del país. Difícilmente podrá darse hombre de talento, cuyos títulos sean más desconocidos y disputados por sus conciudadanos, que lo son los del autor de Norma, por sus paisanos los piamonteses. Este poeta, que hoy tiene cincuenta y cinco años, acaba de casarse, y no ha mucho, muy ventajosamente: si puede haber ventaja para el hombre de su edad, en ligarse a una mujer hermosa y joven. La actual situación política, que mantiene casi desierto el terreno de la prensa liberal, hace que la figura más prominente de la prensa periódica, en los Estados sardos, sea el escritor a quien acabamos de consagrar algunas líneas. Si los destinos de la Italia llegase a cambiar en este instante, ciertamente que el señor Romani se vería en crueles dificultades para resistir a la vehemente elocuencia de los Brofferio, los Demarchi, y otros a quienes el dedo imperioso de la inquisición política mantiene en violento y artificial silencio hoy día.

Son muchos, a pesar de todo esto, los nombres ilustres con que Turín contribuye a ilustrar los fastos actuales de las ciencias naturales y exactas, sin que tampoco escasee de grandes y notables abogados, y hombres de saber enciclopédico que yo mencionaré oportunamente. Plana, Mossoti, Botto, Guarengo, Moris, Bellingeri, Balbi, Bertoletti, Demarchi, son nombres piamonteses que conoce y respeta el mundo sabio. He tenido la fortuna de acercarme a algunos de estos hombres; y esta circunstancia me ha puesto en posesión de ligeras noticias y detalles que el lector americano, dado al cultivo de la ciencia propiamente dicha, no leerá ciertamente con indiferencia.

X

Interés de los pormenores en que entra el autor. Abogados, procuradores, escribanos en Génova: su número, condición y beneficios. Honorarios. Ciencia del abogado genovés: es fuerte como pleiteante. Abogados jóvenes y viejos. Los de gran fama tienen pocos clientes. Influjo del estado social en el valor del abogado. Por qué en Génova no son científicos. Nombres de los más distinguidos. El señor Castiglioni: descripción prolija de su estudio, biblioteca, de su persona y maneras. Confección de un expediente en Génova; sistema de libelación: un modelo. El Palacio Ducal, casa de los tribunales, su descripción arquitectónica; orden y distribución de los tribunales y juzgados. Encuentro casual, en el gran vestíbulo con el poeta Costa, autor de Il Colombo

Dejo trazado el cuadro de la situación legislativa de los Estados sardos; del movimiento y dirección que allí toman las ideas generales, las letras, y la sociedad. Voy a entrar ahora en detalles y particularidades que atraen la vista del extranjero desde luego que estudia el carácter externo de la jurisprudencia formada bajo el influjo de aquellas causas. Si el lector recuerda el plan que me impuse en el trozo primero de estas narraciones, advertirá que no dejo de ser consecuente con él, entrando en todos los pormenores y prolijidades a que voy a descender. Para los espíritus sinceros, que dan rienda suelta a su observación y la permiten distraerse en la corteza de las cosas que ven por primera vez, no creo que sean indiferentes muchos de los detalles a que me abandono con frecuencia. Yo escribo para el lector americano, para el que ve las cosas, siente las curiosidades, que antes de conocer el mundo trasatlántico se experimenta en estos países. Un lector europeo me hallará enfadoso y frívolo; y muchos de esos lectores americanos, que dejan su conciencia a un lado para juzgar con una conciencia inglesa o francesa; que aseguran ver los objetos, que no han visto jamás, del mismo modo que los ve el que se ha criado entre ellos, me juzgarán como el lector europeo; pero abrigo fuertes sospechas de que los que así se manifiesten sean los que en su lectura secreta se detengan más largamente en mis pormenores y los conserven más bien grabados en su memoria. De todos modos, yo cuento con sinceridad lo que por mí ha pasado. Y no sé cuál sea la razón por que debamos abstenernos de confesar la impresión que nos causan los objetos que ofrece la sociedad en Europa, cuando vemos a los escritores europeos confesar con llaneza la novedad que en ellos hacen los accidentes y circunstancias más menudos de la vida que hacemos en América.

De los cuatro grandes centros principales que ofrece el movimiento de la jurisprudencia en los Estados sardos, solo tocaré los tres que he visitado, comenzando por Génova, más brillante y original, a este respecto, que Turín y Chambery.

Génova tiene como 150 abogados, de los cuales una tercera parte se consagran a la magistratura. Intervienen en el despacho y prosecución de los negocios judiciarios, como unos treinta procuradores; y no es menor de doscientos el número de los juristas desprovistos de títulos para ejercer la abogacía. Los procuradores son llamados abogados causídicos, son expertos, despejados y se expiden en la barra con tanto desembarazo como los abogados mismos. Se presentan en la audiencia con toga de lana, a diferencia del abogado, que la lleva de seda. Gozan de consideración en la sociedad; los habilita y autoriza para el ejercicio de su oficio el soberano. Componen un orden distinguido. Son los que hacen la suerte y crédito de los abogados principiantes.

A este orden sigue el de los notarios o escribanos, que no es pequeño en número, ni pobre en consideración, sin embargo de que los abogados no ensalzan mucho su integridad.

Aunque los genoveses son inclinados a los pleitos, no conceden muchas distinciones a los abogados. A pesar de su excesivo número, pocos son los que disfrutan del favor de la boga. En Génova se pondera mucho el caudal que ganan estos; sin embargo, es mezquinísimo si se le compara al honorario de un abogado de crédito en las repúblicas de Sudamérica. El abogado más afamado de Génova podrá ganar anualmente unos 20.000 francos. Un honorario por pequeño que sea nunca baja de 20 francos. Se me ha dicho que el señor Castiglioni se hace pagar con 40 francos una consulta de media hora.

En Génova no hay abogado científico; quiero decir, abogado capaz de confeccionar un libro, sobre una materia general o especial de derecho. Se puede asegurar que la Italia toda tiene la misma carencia de autores contemporáneos de derecho positivo. Los pocos que se han hecho conocer en la Europa por sus trabajos jurídicos, son autores de obras filosóficas y abstractas, tales como Romagnosi, Carmignani, etc. Para casos especiales, eso sí, hay hombres capaces de rivalizar en fuerza, inteligencia y prontitud, con los abogados del primer foro europeo. Llamado de improviso un abogado de nota, puede hablar sobre una materia cualquiera, dos y tres horas, no con elocuencia, pero si con discreción y buen sentido; y no sin elegancia y buen gusto de dicción. En Italia, como en muchos Estados de Sudamérica, los abogados jóvenes se diferencian de los viejos, en que los primeros son más literatos y más diestros en el método de exposición y orden lógico del discurso, mientras que los otros sobresalen por la erudición y ese saber de táctica y estrategia que dan los años. Por lo demás, entre ellos no hay antipatías, y antes al contrario, me consta que los jóvenes que gozan de más reputación como abogados en el día, la deben en gran parte a la protección generosa de los abogados viejos.

En nuestras repúblicas, para valorar la reputación de un abogado, se pregunta cuántos clientes tiene. En Italia, como en Francia, esta regla sería engañosa. Tal vez los abogados más eminentes, son los que menos clientela poseen. ¿Qué abogado pleiteante, pasablemente ocupado, no tiene en Francia más clientes que M. Berryer? Sabemos que el más grande abogado de este siglo, Daniel O'Connell, no tiene más que un cliente; pero ese es el pueblo de Irlanda. El rango y no el número, es lo que forma el distintivo de la clientela de los grandes abogados en Europa. La clientela de los fuertes abogados genoveses, es corta, pues, y compuesta en su mayor parte de grandes propietarios y negociantes. Son abogados meramente consultantes: y se puede decir que su verdadera clientela se forma de abogados jóvenes, que van a buscar el apoyo de sus luces y experiencia, para la elección del camino o acción que deben adoptar, en el establecimiento y progreso de un litigio.

Ocho años es la duración del curso de estudios de derecho, que un estudiante debe hacer para ser recibido de abogado. El 1.º es consagrado al estudio de las Instituciones de derecho romano: en los cuatro siguientes, se estudia las Pandectas, el derecho comercial y el derecho canónico. Durante el 6.º y 7.º se practica la jurisprudencia en el estudio de un abogado, y en el 8.º se desempeña la defensuría de pobres. Reducido como se ve, el estudio del derecho a los áridos textos romanos, escritos en latín, la juventud le toma con hastío y le sigue sin provecho. Se puede asegurar que la porción más importante y amena del saber de un abogado, es debida a los estudios privados que él ha tenido que hacer. Destituida la profesión del abogado de aquella consideración que la rodea en países tales como los Estados Unidos de Norteamérica, donde constituye una especie de aristocracia, en Génova está reducida a una simple industria de adquisición material; y en aquel país de comerciantes, el abogado no es más que uno de tantos, puede decirse así. No hay entre ellos uno que pueda llamarse orador, porque no puede haber elocuencia oratoria en Génova por ahora; musa altanera y franca como la libertad misma, la elocuencia pública no vive sino por ella y para ella. Tampoco hay entre ellos un Toulier, un Pardessus, porque el derecho no tiene ni puede tener existencia científica en un país absorbido por los materiales intereses del comercio y la navegación. ¿Qué son pues sus abogados? ¿En qué son fuertes? Lo he dicho, arriba, en el buen sentido, en la instrucción, en la sagacidad necesaria para tratar los asuntos contenciosos que se originan en los repetidos actos de la vida civil, con la cordura, discreción y habilidad con que deben ventilarse materias de tanta importancia para la vida de un pueblo absolutamente positivo y nada más que positivo. Si fuesen, pues, mejores o peores de lo que son, no valdrían nada; puede ser que la elocuencia de Berryer les fuese tan nociva para el éxito de sus asuntos, como la ignorancia del último causídico. Están a la altura de su país, y son lo que deben ser.

Los abogados eminentes de Génova, aquellos que tienen una reputación establecida en todo el reino sardo, son: Nicolo Gervassoni, colector de las sentencias del Senado, como lo vimos más arriba; Castiglioni, Perasso, Casanova, Bixio, Germi, Laverio, Morello, Novara, Figari, Caveri, Torre, Pellegrini, etc.

Casi todos los abogados de Génova tienen su oficina de despacho en la Strada Justiniani, situada a corta distancia del Palacio Ducal.

La circunstancia de hallarme en posesión de algunas cartas introductivas para algunas de aquellas personas, me facilitó la ocasión de examinar prolijamente el orden y disposición material del gabinete de estudio u oficina de despacho de más de uno de los abogados que dejo nombrados. Yo haré la descripción del estudio del señor Castiglioni, que es el Felipe Dupin de los genoveses. Esta pintura, bien o mal ejecutada, pero ciertamente leal, podrá dar a conocer cuánto difieren los abogados de rango, en Italia, en el modo de entender la elegancia y buen gusto convenientes al bufete de un abogado, de los letrados de Sudamérica, que de algunos años a esta parte, muy especialmente en el Río de la Plata, han desplegado una profusión de caoba y de tapices, que parece rivalizar con la elegancia coqueta de los salones de bella sociedad.

El estudio del famoso abogado se compone de dos habitaciones espaciosas, situadas en el primer piso de una casa de respetable presencia exterior; bien que en Génova no hay casa que no tenga aspecto de palacio. En la 1.ª sala está un abogado practicante que recibe a la clientela. Nada de copistas, o a lo menos no más copistas que el abogado practicante. Pocos escritos, poco trabajo, poca concurrencia se advierte en medio de la paz de aquellos salones que solo interrumpen los pasos de algún poderoso atraído allí por la ambición o por un revés de fortuna. La disposición de esta sala es como sigue: en cada lado un estante de tres órdenes o listones y cinco nichos, de madera tosca, apenas pintados, sin pulimento ni ornato alguno: los cuatro estantes están llenos de infolios, forrados en pergamino, viejos y polvorosos, de los glosadores y comentadores escolásticos del derecho romano, del derecho eclesiástico y una u otra materia general de derecho, de volúmenes que contienen los alegatos del mismo señor Castiglioni. En esta colección se lee los nombres de Parladorio, Casanova, Gregorio López, el cardenal de Luca y compañía. El polvo que les cubre, pues no hay cristal que estorbe esta sepultación del tiempo, muestra el poco uso que de ellos hace el irreverente genovés; pero lo traqueado de sus tapas muestra también el poder con que, un tiempo, legislaron sobre cada una y todas las contiendas del foro. Una docena de sillas con asiento de junco, grotescas, está esparcida en los costados de esta sala sin alfombra, ni estera, ni cortinas, ni las indispensables cortinas de toda habitación en Europa. Dos mesas más usadas por la edad que por el trabajo, chicas, de madera ordinaria, pintadas, sirven a los abogados practicantes. El que tiene a su cargo la recepción de los clientes, es poco ceremonioso, en lo cual no forma excepción, pues no hay genovés que no lo sea. Génova, en cuanto a esto, es un pueblo de Norteamérica; apretones de mano y saludos de sombrero, es cosa que poco se gasta entre los ligurianos.

Mala impresión del señor Castiglioni me hizo formar la vista de esta sala en que el abogado practicante, ignorando el carácter con que comparecía, me consignó al lado de una clienta vieja, por más de media hora, que ciertamente no fue perdida para mí. Al cabo de ella fui presentado al célebre abogado, que leyó mi carta de introducción y me pidió cariñosamente tomase asiento. No hablaba español: en Italia es absolutamente desconocida esta lengua por los hombres de letras, que solo conocen a Calderón y Cervantes por traducciones. Pero la analogía de las dos lenguas nos facilitaba el uso respectivo de ellas con fácil inteligencia por ambas partes. El señor Castiglioni será hombre de unos cuarenta y cinco años, de regular estatura, pálido, descarnado, de alta frente y distinguida expresión. Habla dificultosamente, tanto en público como en privado; pero es el hombre que representa el buen sentido, el profundo saber y la extensa erudición en el foro de Génova. Hay algo de amable y sencillo en el fondo de su seriedad sin artificio: muestra generosa solicitud para dar a conocer al extranjero las instituciones de su país, que explica con llaneza, sin crítica ni encomio. El genovés en general es el hombre más modesto que yo haya conocido en Europa; solo de sus palacios se muestran orgullosos, aún los que por su espíritu republicano debieran mirar con mal ojo edificios que descubren la antigua y aristocrática desigualdad de fortuna y rango. Tomó en sus manos un expediente, le abrió y me hizo conocer menudamente el orden de su instrucción y secuela, que bien poco difiere de la nuestra: la misma calidad y dimensión de papel y de margen; las mismas malas e ininteligibles letras. El sello o timbre es más pequeño que el dispendiosamente grande empleado en la mayor parte de nuestras repúblicas. Conforme al uso observado, aunque no siempre, entre nosotros, los italianos dividen sus expedientes en tantos cuerpos como instancias. El uso de un índice de las piezas y escritos de que consta, es inalterablemente observado. Entre los genoveses, como sucede en Francia, no hay fórmulas sacramentales para la redacción de los escritos; pero el uso de los abogados ha establecido la siguiente, que puede alterarse sin inconveniente, según el rango del tribunal al que se dirige el escrito, o el gusto personal del redactor; he aquí el modo de libelar un escrito dirigido al Senado:

Ilustrísimos y Excelentísimos señores,

«Expone el marqués Juan Bautista Serra, domiciliado en Génova:

«Que por contrato autorizado en Génova por el notario tal (la historia del hecho):»

«Expone igualmente que el 14 de octubre de 1839 (continúa la narración del hecho):»

«Que el reo convenido Juan Bautista Oderico no hizo oposición»

«Que enseguida de la orden»

«Que proviene esta diferencia de haber»

«Que no se hace en esto la debida separación»

«Que esto»

«Que el otro»

«Que aquello»

«Y queriendo ahora apelar ante este Exmo. Magistrado y deducir los gravámenes que le irroga la sentencia apelada, dice y deduce:»

«Primero: que la misma es mal fundada en hecho»

«Segundo: que la dicha sentencia es también mal fundada en derecho, tanto según el Código Civil, como según las leyes romanas»

«Tercero: que si pudiese comparar el contrato»

«Por tales motivos el exponente suplica a VV. EE. manden citar rever retocar condenar exigir, etc.»

Pero urdamos la hebra, cortada, de la descripción del estudio del señor Castiglioni. Cuando entrado en la segunda de las dos piezas de que se compone, destinada a la mansión favorita del abogado, eché a correr mi vista por los centenares de volúmenes pequeños, a la rústica los más de ellos, flamantes, que, acomodados negligentemente, pueblan los grandes estantes de tablas lisas, apenas pintadas, sin cristales ni puertas, confieso que cambié de opinión sobre el letrado, que tan sospechosa vanguardia ofrece al primer acceso de sus visitantes. Los cuatro muros están cubiertos, desde la base al techo, de libros distinguidos. Observé que no había ninguno en inglés; el inglés es poco conocido de los letrados en Génova; tampoco vi libros españoles, lo que me causó menos pasmo, que la ausencia de los primeros; con pocas excepciones, toda la biblioteca estaba compuesta de libros franceses, señalándose entre los autores más numerosos todo lo más moderno y sabio que ofrece la ciencia del derecho en el lado opuesto de los Alpes. La mesa de escritorio era pequeña y modesta; menos multiplicados sus asuntos que los de un jefe de oficina pública, parecía bastarse con una pequeña en vez de esas grandes mesas que la vanidad de algunos abogados se complace en poblar de mezquinos legajos. Casi en su totalidad está compuesta esta colección de libros de derecho; no faltan sin embargo en ella unos doscientos volúmenes de literatura y ciencia general.

Hemos visto al abogado de Génova en su bufete y en la sociedad; veámosle ahora en los tribunales; pero antes de asistir a la audiencia, visitemos el local destinado a las funciones de la magistratura.

El Palacio Ducal, que antiguamente sirvió de residencia a los Doges de la república, está ocupado hoy día por el Senado Real de Génova, las demás cortes judiciarias, otras oficinas de este ramo y muchas de las administraciones generales. Los gobernadores de la ciudad tienen hoy su habitación en uno de los grandes departamentos de que este edificio está compuesto. El departamento opuesto, que es el de la izquierda, está destinado a los tribunales de justicia. Dos incendios ocurridos, el uno en 1684 y el otro en 1777, arruinaron casi enteramente este palacio, desapareciendo en las llamas un sinnúmero de producciones maestras de escultura y pintura. Al célebre arquitecto genovés Simón Cantoni se debe la arquitectura actual de este palacio, que según el voto de los conocedores, reúne a la más peregrina elegancia de formas, la mayor solidez e incombustibilidad.

Casi desde la mitad del patio realmente regio de este palacio, empiezan las gradas de una escalera de mármol blanco, que da entrada al interior. En ambos lados se elevan dos gruesos pedestales, que sostenían en otro tiempo dos estatuas, una del famoso Andrés d'Oria, obra de Montorsoli; y la otra, del cincel de Carlone, erigida por orden del Senado en 1576, en honor y representación del príncipe Juan Andrés d'Oria, con una inscripción que le llamaba Salvador de la patria. Los revolucionarios de una de las reacciones democráticas acaecidas después de 1819, echaron por tierra estas estatuas.

La última grada de esta escalera, forma el dilatado umbral de un vestíbulo o salón sostenido por ochenta columnas de mármol, de una pieza, más grande en dimensión que muchas plazas de Génova, con lo cual, en verdad, nada digo, pues hay plazas públicas en Génova que no tienen más de seis varas cuadradas de extensión. Este vestíbulo, que equivale a la sala de los pasos perdidos en el Palacio de justicia de París, es la Piazza Banchi judiciaria de los genoveses; es la Borsa litigiosa, donde se reúnen los mercaderes de pleitos, de trampas, de justicia, de calumnias y de todo lo que es objeto de procesos. Los consagrados a esta industria (y en Génova son infinitos) acuden desde el amanecer a esta especie de lonja, donde pasan la mañana moviéndose y hablando incesantemente, sin recoger, muchas veces, el fruto de tanto afán. La travesía de este salón es de temerse, a causa del ruido abrumante que se forma por la repercusión, producida en la bóveda, de las trescientas voces que hablan a un tiempo. En la mañana del 28 de junio de 1843 yo me paseaba por entre este mundo de pleiteantes, asido del brazo de mi amigo el abogado Pellegrini, que me dispensaba el honor de servirme de cicerone. Se acercó a nosotros y habló un largo rato con mi camarada, un joven alto, de blanca, rosada y linda cara. Yo le juzgué, por su aspecto, un propietario avecindado en la campaña; y no me equivoqué, pues era en efecto un hombre rico, que tenía en el campo su residencia. Pero nada hallé en su fisonomía que me hiciese ver en él un hombre de letras;

y en esto me engañé, porque era nada menos que un poeta, y un poeta clásico, es decir, académico, artista: el señor Costa, autor del famoso himno a Paganini, y de un poema, que aún no ha aparecido y ya es aplaudido en Italia: Il Colombo.

En este vestíbulo están las salas en que algunos jueces di mandamento, tienen su despacho y audiencia; otros los tienen en sus respectivos cuarteles. A pesar de la publicidad de esta audiencia, ordinariamente no hay auditores, sin duda por razón de lo insignificante de los asuntos allí ventilados. Es el único juez que lleva vestido civil y ordinario en los actos en que se desempeña como tal. También están en este lugar algunos registros o escribanías civiles. El método con que están clasificados y conservados los expedientes, es claro y sencillo. El aire de estas oficinas, salvo algunas cosas en que se superan a las nuestras, se asemeja mucho al de las de América, en el Río de la Plata. La superioridad consiste en la excelencia de las precauciones adoptadas para garantir la duración de los protocolos contra la acción destructora del tiempo, del polvo y los insectos.

De este paraje parte una escalera de riquísimo mármol, ancha y de tan insensible pendiente, que su acceso se hace sin el menor trabajo. En la mitad de su curso se divide en dos ramas, de dirección opuesta: la de la derecha conduce al departamento del gobernador de la ciudad; la de la izquierda, al destinado para el Senado y cortes de justicia, y en que está el soberbio salón donde en otro tiempo se reunía el gran consejo, y en que hoy día se reúne a veces el actual. Sobre la puerta de este salón, se lee esta inscripción: Firmissimum. Libertatis. Monumentum. La explosión de una bomba, caída en 1684, incendió esta sala, que se reconstruyó después con más suntuosidad, y que un nuevo incendio acaecido el 3 de noviembre de 1777, destruyó por segunda vez. En la construcción actual esta sala tiene 40 metros de largo, sobre diecisiete de ancho y veinte de elevación. Está circundada de nichos que contenían estatuas en mármol, de los grandes hombres calificados como beneméritos de la patria, los revolucionarios de 1797 las destrozaron solemnemente en pocas horas. Los nichos del orden inferior, contienen hoy estatuas alegóricas de yeso, vestidas de túnica blanca, colocadas, según se me ha dicho, para un baile que allí se dio a Napoleón. Esta pieza es uno de los portentos arquitectónicos de la Ciudad de mármol; y yo abundaría en los detalles de su descripción, si no fuese, como es en la actualidad, un lugar ajeno a las funciones de la magistratura. Carlos Pozzi, de Milán; Tiépoli, de Venecia; Tagliafichi, de Génova; David y Ratti, ligurianos, también han llenado de los prodigios de su genio, los ámbitos de aquella bóveda inmensa y despierta como la del firmamento, que dilata y engrandece el corazón del que levanta sus ojos maravillados hacia ella. Hermosas y bien abrigadas galerías, sostenidas por columnas sólidas de mármol, dan entrada a los salones del Senado y a las cámaras de prefectura; en ellas bien podrán perder los pasos los justiciables, pero al menos no perderán su salud, esperando a la intemperie, en la estación rígida. Las piezas destinadas hoy para los tribunales, formaban la habitación del Doge de la república en los tiempos en que la Italia obedecía a este régimen; así es que las más triviales oficinas, los más solitarios vestíbulos, conservan relieves riquísimos, dorados y ornamentos soberbios. La primera sección del Senado, tiene hoy sus audiencias en la sala que el Doge tenía destinada para su recibimiento oficial. La bóveda está ornada de costosos relieves.

XI

Prolija descripción de los salones de audiencia del Senado. Ceremonial de la apertura de la audiencia. Vestiduras de los jueces y abogados. El vestida llano comparado a la antigua toga. Tono democrático del Senado. Carácter de la palabra y discusión forense en Génova. Conducta y porte de los abogados en la audiencia. Castiglioni como orador. Inconvenientes del exceso de llaneza. Indulgencia y benignidad del Senado a este respecto. Alegatos improvisados. Conducta del debate y discusión. El relator. Autoridades doctrinarias más citadas. Desprecio por los comentadores escolásticos. Uso del idioma francés en la audiencia. Analogía del foro francés y del italiano

Antes de llegar a las cámaras de prefectura, se da con las dos salas destinadas a las dos secciones en que el Senado se divide, con el fin de facilitar y acelerar el despacho de los negocios: una y otra entienden alternativamente en lo criminal y civil, según los días de la semana; el martes, por ejemplo, conoce de lo criminal la primera sala; y la segunda el sábado de cada semana. Estas salas son de modesto y sencillo aparato; y sus puertas, notablemente pequeñas, nada previenen en favor de la suntuosidad con que debía aparecer este local destinado al culto de la justicia. La primera sala difiere de la segunda, por lo que hace a la composición del tribunal, en que la primera es presidida por el primer presidente y la otra por el segundo presidente. En cuanto a lo material de los salones, el primero es más rico en relieves y pinturas al fresco y al óleo. La segunda sala, primera en el tránsito para el que entra, es cuadrada y tiene quince varas de cada costado. Los dorados de la bóveda y del muro, ya deteriorados por la edad, son modestos. Hay tres grandes y hermosos cuadros:

el uno del rey Vittorio Emmanuele, predecesor de Carlo Felice; otro en el muro opuesto, del Redentor crucificado; el último alegórico, representa a la justicia. Todas las puertas y ventanas llevan cortinado de seda punzó. Una mesa grande, cuadrilonga, cubierta de paño verde, colocada a lo largo del salón y casi en medio de él, es la que los senadores tienen delante de sus asientos, situados sobre los tres costados de aquella, notándose que el presidente no ocupa la cabecera o costado del fondo, sino que se confunde modestamente entre los vocales sentados en los costados extremos de la mesa del tribunal. Las sillas de los senadores, de respaldo de paja, y cojín de zaraza amarilla ordinaria, están montadas sobre una tarima corrida, sin alfombra ni estera. Una estufa sencilla, cuyo mármol sostiene un reloj, se ve al lado de la pequeña mesa del escribano del tribunal, que sopa sus plumas en tinteros de estaño. Delante de cada senador hay un gran tintero de plata. Libros, expedientes, papeles varios y los sombreros de tres picos de los senadores están desparramados en la mesa, cuyo centro ocupan ochenta o cien volúmenes que forman la biblioteca elemental del tribunal; son los códigos, reglamentos, colecciones de disposiciones sueltas, actos del gobierno, sentencias compiladas; en fin, todo lo que constituye el cuerpo de la legislación genovesa. Por supuesto que el Código Civil francés no falta de esta colección; es el padre y comentario natural del Código Albertino; como el derecho romano, que también está allí, lo es del derecho español.

Una baranda o barra de madera divide la sala de la audiencia en dos secciones, una de las cuales, la más exterior, como de una tercera parte del salón, es para los abogados, que hablan de pie apoyándose comúnmente en la mesa corrida que sostiene la barra, donde depositan sus libros, sus papeles y su bonete, cuando quieren quitárselo de la cabeza.

El público, porque la audiencia es pública, se coloca también en este lugar.

La disposición de la primera sala es muy parecida a la segunda que acabo de describir. En esta se sienta el primer presidente a la cabecera de la mesa. A su espalda está el retrato de Carlo Felice, predecesor del actual rey; a su frente, en la otra extremidad, un Santo Cristo, pintado en lienzo, por Cambiasso. Este cuadro está puesto sobre otro, antiquísimo, cubierto por el polvo de unos cuantos siglos, perteneciente a las ricas tapicerías que los holandeses regalaron a Génova en la Edad Media por vía de remuneración a las leyes que ésta les dio. Los otros lados del salón están ornados de cuadros de esta misma especie, cuyas figuras están hechas con hilos de oro, plata y seda. También hace parte de este presente la campana suspendida en la torre del Palacio Ducal, que hoy sirve a las prácticas de policía y ceremonial del municipio en las tres o cuatro solemnidades a que este cuerpo concurre en el curso del año. Yo me hallé, por ejemplo, el día del patrón de la ciudad en que saludó la salida de los síndicos y de los decuriones desde el Palacio Ducal hasta la iglesia de San Lorenzo, donde se celebra la función de San Juan Bautista, patrón de todos los genoveses, y tocayo de una mitad de ellos. A la derecha del retrato de Carlo Felice, está un cuadro que representa la justicia, obra de un gran maestro; a la izquierda otro que representa a Jano, otro enseguida, la Humildad, y por fin otro, que personifica la Fortaleza.

El Senado oye misa en cuerpo todos los días en que tiene despacho, antes de entrar en audiencia. La capilla en que llena esta formalidad, pertenece al mismo palacio de los tribunales, y es la que en otra época estaba destinada para el uso del Doge de la república, que presenciaba el santo oficio desde una tribuna o balcón elevado, situada en frente del altar. Este oratorio que es pequeño, de un solo cuerpo, está pintado en su bóveda y muros con la mayor magnificencia. Todos los hechos y personajes de honrosa memoria para Génova, están expresados por soberbias pinturas al fresco. La muy brillante que resplandece en la bóveda, es desempeñada por Carloni. Los pintores actuales ignoran absolutamente el secreto con que los antiguos maestros producían tan maravillosos efectos: el azul del cielo está tan vivamente representado en este cuadro, que un ojo poco versado puede llegar a creer que falta un pedazo de la bóveda. El altar, trabajado de mármol todo él, ornado de exquisitos relieves, tiene un nicho, que ocupa una estatua en mármol antiquísima, de una pieza, ejecutada por el Schiaffino, y representa a la Santa Virgen.

Los senadores, después que han oído su misa en cuerpo, se visten con sus togas negras de seda y golillas blancas, en una antesala destinada a este efecto, desde la cual parten enseguida a la sala de la audiencia. El alguacil vestido de toga punzó marcha a la cabeza de la real corporación, conduciendo la maza presidencial, que es de madera dorada para los días ordinarios, y de oro para las funciones cívicas, la cual se deposita sobre la mesa delante del asiento del presidente. Los senadores se mantienen cubiertos o no en la audiencia, según les place, con su sombrero de tres picos, que completa estrictamente su vestidura de ceremonia. Su modo de estar es llano y desnudo de esas pretensiones de gravedad exterior con que suelen presentarse en actos semejantes los altos magistrados de algunas repúblicas de América. Esta alusión no es dirigida ciertamente a los ministros de las cortes chilenas, cuya gravedad afable y simple recuerda los usos de las Cortes reales de Francia. Por lo regular son hombres de anciana edad, y sus cabellos blancos infunden por sí solos el respeto que no se empeñan en provocar por el gesto. He visto algunas veces a todo el Senado reunido en sesión general para conocer de una causa de revisión: era imponente el aspecto de aquel cuerpo compuesto de cerca de veinte figuras llenas de dignidad y distinción.

Los abogados asisten de bota al tribunal, de calzón de color y aún pueden asistir como les diere la gana, con tal que vistan corbata y golilla blancas y toga de seda negra. Los procuradores, que llevan el mismo traje, a excepción de la toga que debe ser de lana, acompañan en la barra ordinariamente a los abogados. Estos vestidos se toman antes de entrar al Senado, en la galería que da entrada a esta cámara, y todo el mundo de transeúntes casuales de este vestíbulo, se detiene a presenciar esta incomprensible transformación de un traje serio en otro que más tiene de bufón, para comparecer en un paraje solemne. Este cambio se hace por lo común a gran prisa; y el abogado se lanza al tribunal, muchas veces antes de haber acabado de acomodarse; un criado queda en la galería al cargo del sombrero redondo, papeles, libros, bastón, etc. ¡Cuánto más dignamente no van nuestros abogados en los tribunales de América, con su vestido ordinario pero lleno de conveniencia! En vez de que los letrados genoveses, con tal que vistan toga pueden llevar en desorden sus cabellos y sus barbas no afeitadas, como he visto presentarse a varios más de una vez.

Prescindiendo de estas exterioridades de mal gusto, resto del tiempo pasado y piezas de la añeja armazón monárquica de la justicia europea, la conducta externa y porte visible de esta cámara pueden servir de modelo a los tribunales de una república. Los genoveses, que en asuntos de arte y religión son la afectación misma, en lo concerniente a la práctica y administración de la justicia civil son modelos de naturalidad y sencillez. La razón de esto reside en que para ellos son los intereses civiles una cosa demasiado seria, para tratarse en otro modo que el de la verdad misma. En efecto, el abogado genovés no declama, no diserta, nada hay de artificial o convencional en el porte exterior de su alocución; hablando o tomando notas, se conduce en presencia del tribunal como si estuviese delante de un círculo particular de personas respetables, con porte digno, pero sin acatamiento. Habla de pie; las más veces apoyado en la barra. Acciona con calor, franqueza y verdad, cuando el caso es de accionar, sin incurrir ni acercarse a lo teatral o escénico, como tampoco a los medios exteriores de la cátedra o el púlpito. Sus recursos de dicción son simples; tienen costumbre de abstenerse de emplear guirnaldas y jazmines de retórica, que pudieran comprometer la austeridad sencilla de la verdad. No ponen más fuego que el de la convicción; lo que no quiere decir que hablen sin calor, pues el genovés habla habitualmente como hombre convencido. Son tan sobrios en expresiones de respeto y acatamiento hacia los jueces, como económicos en giros capaces de desagradar. Esta disposición se explica en parte por la del carácter del genovés, viejo republicano, que muestra todavía en todas las posiciones de la sociedad las nobles señales de su antigua y derrocada libertad; el genovés es delante de sus jueces, lo que es ante las damas y en todas partes; ni se quita el sombrero para saludar en la Acua Sola, ni dobla la rodilla para invocar justicia. Se agrega a esto que es comerciante por hábito y vocación, es sabido que el comercio, como la guerra y la libertad, engendra hábitos de una independencia brusca desprovista de amabilidad. He oído hablar varias veces en el Senado al señor Castiglioni, el más notable abogado de Génova, según lo he advertido en otra parte (sobre un punto de derecho comercial no era esta materia en que pudiera desplegarse elocuencia, pero sí los accidentes agradables y distinguidos que acompañan siempre a la palabra del hombre culto). Muy poco de esto advertí en el porte exterior del eminente abogado. Su modo de mantenerse delante del Senado no es garboso; gasta no solo la llaneza, sino la negligencia misma de cuando está en su estudio. He visto hablar a otros que con tanta fama como él tienen menos importancia real; he notado que las formas externas de su alocución tenían algo del aire del procurador, más bien que del tono distinguido del abogado. Estoy lejos de preferir a la tosca desnudez de un discurso concienzudo y lógico, la frívola y pedantesca pompa de una palabra sin fondo ni energía; pero no por eso desdeñaré aquella sencilla y reservada continencia y gracia de porte, de estilo, que realzan y recomiendan, no diré el semblante, sino el fondo mismo del discurso, sea cual fuere el lugar en que se pronuncie. Se puede y debe exigir en la palabra forense aquella elegancia de formas con que el matemático Zussane quería que se expusiese la geometría misma, fundándose en que la elegancia de exposición da relieve y trasparencia al cuerpo de la verdad. Además de esto, ¿por qué vestir el pensamiento con grosera y desaseada túnica, en el recinto donde el abogado y el juez mismos están obligados a vestir brillante toga negra? Que el abogado se muestre franco, independiente, fácil, natural en la conducta de su discurso, sea enhorabuena; pero que a estos atributos reúna también la conveniencia de tono, que acompaña al hombre bien educado en todos los actos serios de la sociedad.

De todos modos es de alabarse la noble y alta tolerancia del Senado que autoriza o disimula en su presencia la práctica de esas inconveniencias, cuya represión pudiera quizás tomarse como restricción puesta al libre empleo de los medios de defensa.

En medio de esto, hay que reconocer en el abogado genovés la bella costumbre de no emplear jamás entre sus medios de discusión el arma inconveniente del dicterio y sarcasmo personales. Se puede decir que la galantería que falta a la parte exterior de su discurso reside abundantemente en el valor y peso de sus expresiones. Fríos como los sajones, los abogados de Génova se van a la razón helada y a los números; así es que la campanilla del presidente no suena sino para anunciar la apertura y conclusión de la audiencia.

Los discursos y alegatos son siempre improvisaciones que desenvuelven valiéndose de notas en que llevan consignados los datos principales de su discurso. Muchas veces las notas son tan largas, que su lectura textual, mezclada con los periodos hablados, forma una especie de discurso oral-escrito. Son detenidos e interpelados a veces por el presidente u otro senador, en el curso de su palabra, para que esclarezcan o insistan en un punto que se considera capaz de reflejar la luz que se busca. Esa bella práctica es tradición del foro francés, en que el presidente del tribunal, dueño y árbitro de la dirección que debe llevar la discusión o debate, hace hablar o callar al abogado, según las exigencias de la investigación que forma el objeto de la causa. Cuando tienen que dirigirse o nombrar al relator, lo hacen con los tratamientos de S. E. y de Ilustrísimo Relator, porque este cargo es desempeñado siempre por un miembro del Senado, que desde su silla de juez hace la lectura de la relación. Para esta operación se alternan y suceden unos a otros. Esta práctica, que también se observa en Francia, muestra toda la importancia que tiene el trabajo de relatar el estado de las cuestiones que constituyen un proceso. Se puede asegurar que toda la reputación y crédito de los altos tribunales está dependiente del celo y habilidad con que se desempeña este delicadísimo ministerio. El relator es el expediente vivo y personificado, sobre cuyas palabras funda las sentencias que pronuncia en nombre y a la faz de la nación.

Tratándose de una servidumbre urbana, asunto frecuentísimo en Génova con motivo de hallarse situada esta ciudad en un suelo sumamente irregular y lleno de accidentes, y cuya estrechez es causa de que sus edificios sean los más altos de Europa, al mismo tiempo que de complicada construcción y difícil alumbramiento; tratándose de esta materia, decía, en vez de acudir a la autoridad del derecho romano, tan fértil en doctrina sobre el caso, no he visto invocar otros que los de los tribunales de Francia, Piamonte y las doctrinas de Pardessus, Fredon, Toullier, etc. Sea cual fuere la materia que se ventile, en el Senado de Génova jamás deja de citarse a los jurisconsultos franceses; entre tanto que en Francia, su país, no se nombra hoy, ante las cortes de justicia, a ninguno de ellos, no porque sean autoridades viejas sino porque no está en uso nombrar autoridades doctrinales de persona alguna. Con todo, nunca se oye citar en las cámaras senatorias de Génova, la autoridad de ningún glosador o comentador escolástico. Los abogados los mantienen en sus estantes, como a soldados jubilados, en el reposo inalterable a que los hacen acreedores sus años y sus grandes servicios pasados. Las citas de los autores y leyes francesas se leen en idioma francés que todos los abogados y jueces hablan y escriben, por haber sido oficial para los Estados sardos, en tiempo de la conquista itálica, por la Francia. Hoy mismo está en vigencia la ley de Napoleón, escrita en francés, sobre el interés de 6 % entre comerciantes, y un 5 %, en los préstamos civiles, a que se refiere el Código Albertino, sin estatuir por sí. Las leyes de Francia no contentas con establecer su autoridad en los tribunales de Italia, han llevado consigo los modismos y caracteres geniales que acompañan a su aplicación y ejercicio, en los tribunales del país de su origen. Así el foro de Génova está lleno de esos ligeros rasgos y accidentes que dan tanta animación y colorido dramático a la audiencia de los tribunales de Europa y señaladamente de París. Un día, mientras el abogado Pellegrini (el anciano), hablaba como si lo hiciese en medio de un desasosegado sueño (que no tenía poco de endémico), su antagonista el abogado Morello, hombre al parecer ardiente, hacía una refutación pantomímica, desde su asiento, dirigiéndose con sus animados gestos, a los miembros del tribunal que, a veces, sonreían en presencia de esta especie singular de debate, entre un sonámbulo y un mudo no sordo.

XII

Cámaras de prefectura: su descripción y peculiaridades. Su comparación con las cámaras senatorias. Cuadro sucinto del sistema de procedimientos judiciarios en Génova: estatutos que le establecen: citas curiosas. Su analogía con nuestros estatutos: sus méritos y defectos. Próxima reforma judiciaria. Escala de las competencias y jurisdicciones. Vistas críticas. Probidad de los magistrados: modicidad de sus sueldos. Superioridad del foro de Génova sobre los otros de Italia. Influjo que en esto tiene la legislación francesa. Cuestiones civiles y criminales dominantes en Génova

Los pormenores y detalles que he dado hasta aquí, sobre el foro genovés, se refieren más particularmente al Senado, que a los tribunales inferiores. Voy a dar ahora los que he podido tomar en algunas veces que he concurrido a la audiencia de las cámaras de prefectura. El reglamento económico e interior de estas cámaras es el mismo que el del Senado. La audiencia sin embargo tiene colores menos elevados, rasgos que le son propios y un tono que la distingue mucho del tribunal supremo. El local es más reducido, el personal del tribunal menos numerosos, el tono y porte más llanos; los jueces más jóvenes, más insinuantes, menos armados de aquel aire de respetabilidad que da a los semblantes la cabellera blanca de una cabeza de sesenta años. Estas cámaras son la arena favorita del vulgo de los abogados a que pertenecen como de derecho los abogados principiantes. No sucede lo mismo con respecto a los magistrados, pues en general puede sentarse que las cámaras de prefectura tienen en su seno mayor número de letrados distinguidos, que no le tiene el Senado mismo, compuesto actualmente de abogados respetables, pero de segunda línea. Confieso que he encontrado enteramente insoportable el uso de la toga y sombrero de tres picos en los tribunales de prefectura, donde los jueces se sientan en sillas viejas, delante de una mesa sin pompa, bajo un techo sin ornamentos, entre paredes estrechas, desnudas y blancas. Para el ojo no acostumbrado, puede ser disimulable el uso de este traje en los salones del Senado, donde hay cierta armonía entre su carácter y lo solemne de los ornamentos que allí campean; pero en los de prefectura hay un verdadero y desagradabilísimo contraste entre la gravedad patriarcal de la vieja toga y la familiaridad un tanto cómica y festiva que distingue el tono de sus audiencias, la vulgaridad de café con que algunos abogados accionan y hablan, metidos en la ropa que vestía Cicerón para hablar ante el Senado del universo. A este respecto, no tengo embarazo en sostener que hay más conveniencia y distinción en el tono de una sala de audiencia en América, que no le he visto en algunas cámaras inferiores de Génova.

Daré fin a estos pormenores sobre el foro liguriano por una reseña de los estatutos y leyes que establecen el orden de proceder y determinan la composición de los tribunales y juzgados, encargados de administrar la justicia.

Los genoveses no tienen un tratado en que se exponga el sistema de procederes de su jurisprudencia. Con el título de Jurisprudencia del Exmo. Real Senado de Génova, existe publicada una colección de las sentencias de este cuerpo, pronunciadas sobre las cuestiones más importantes que hayan ocurrido en materia de derecho civil, comercial, de procederes y criminal. Pero esta colección, que forma un gran número de volúmenes in folium, compilada con poco método y escaso plan, es un maremágnum con pretensiones de repertorio a la Merlín, que está lejos de suplir a la falta de un libro elemental sobre proceduría. Hacen las veces de él un Reglamento para el ducado de Génova, llamado Reglamento Regio, algunas disposiciones consignadas en las generales constituciones y otras varias leyes parciales sobre procedimientos. Este reglamento es desordenado, indigesto, difuso. Cuando el Código de procederes, hoy en elaboración, se haya promulgado, los genoveses se verán instantáneamente en posesión de una jurisprudencia completa; porque debiendo ser el dicho código, como es de esperarse, una casi textual copia italiana del de Napoleón, vendrá a tener por expositores y comentadores de su práctica a Carré, Merlín, etc., como lo son hoy de su Código civil, calcado en el Código Civil francés.

El reglamento citado, a la par que defectuoso en su método, está sembrado de esos destellos de justicia y de imaginación, que acompañan muchas veces a los antiguos textos. Hablando sobre que los senadores deben vestir toga purpúrea en los casos solemnes, manda que esto se practique así particolarmente in esecuzione di giudicato criminale, ad effetto di incutere colla grave sua decorosa presenza il terrore e lo spavento nei cattivi (tít. 3.º cap. 8.º).

Hablando de las calidades que debe tener el primer presidente del Senado, para ser electo tal, quiere que sea un soggetto grave e serio, il quale sia celebre, e singolare nella scienza legale, ed eccellente nella prudenza, e nella probitá di costumi e consigli.

Ed eletti —dice más adelante— non s'ammetteranno al possesso di questa dignitá, se non saranno anche riconosciuti per tali nell'esame (tít. 3.º cap. 2.º).

Al mismo tiempo dispone este reglamento —que el primer día del año jurídico, después de la feria de la vendimia, los presidentes senadores y funcionarios, todos del orden judiciario, presten juramento sobre los Evangelios, di osservare le nostre costituzioni, e di avere avanti gli occhi una retta amministrazione della giustizia, senza riguardo, né distinzione di persone.

Por lo demás, este reglamento, considerado en el fondo, y con prescindencia de sus faltas accidentales, consagra casi todos los principios sobre que descansa un buen sistema de procederes. Sin embargo, él exige una pronta reforma, porque la ley debe de ser no solo sabia en la sustancia, sino clara, metódica, sucinta en la forma y expresión. Como sanción moderna de la tradición legada por el derecho romano, en materia de proceduría, a las jurisprudencias de Italia y España, se puede sostener que este viejo reglamento se asemeja excesivamente al derecho, que entre nosotros rige; y, quizás como producción más reciente y más acomodada a las exigencias de la sociedad presente, está más purgado que nuestra legislación práctica, de vanas y dilatorias formalidades. A pesar de que esta rama de la legislación sarda, se ligaba tanto al objeto de mis estudios, en mi tránsito por Italia, tuve que abstenerme de emprender su estudio, por la circunstancia de estar amagada de una próxima abrogación, que debe tener efecto tan luego como esté acabada la redacción del nuevo Código de procederes. He aquí la razón por qué ahora mismo me abstengo de prolongar estas consideraciones sobre un estatuto que no regirá dentro de muy poco.

Sin embargo, cualquiera que sea el valor de las mudanzas que introduzca el plan de procederes pendiente, es de esperar que deje en pie los siguientes hechos sobre que descansa el actual edificio judiciario.

La justicia se administra hoy en Génova por jueces de tres especies, a saber: 1.ª jueces llamados di mandamento; 2.ª, tribunales de prefectura, uno para cada provincia, cuyo número de vocales es proporcional a la población provincial. En Turín y Génova, pues, se componen de un senador prefecto, de un vice prefecto y seis asesores. 3.ª, el Senado, que se divide en dos secciones.

El juez di mandamento, conoce de las causas meramente personales, cuyo valor no excede de 300 liras, de los daños causados en fondos rústicos, de las remociones de términos y usurpaciones de terrenos, de las innovaciones hidráulicas o efectuadas en los canales, fuentes y fosos; finalmente, en las causas posesorias, en todos los casos en que los daños, usurpaciones, novedad y molestia de la posesión, no son anteriores de un año a la promoción de la litis. Sus sentencias son inapelables, cuando no exceden del valor de 100 liras. En las de mayor valor se apela para los tribunales de prefectura. Un juez di mandamento debe haber siempre donde hay un tribunal de prefectura.

El tribunal de prefectura conoce de las causas de interdicción; nombramiento de tutor, curador, consultor judiciario; autorización de la mujer casada; de enajenación o separación de la dote; de comercio, en 1.ª instancia, siguiendo el proceder entablado para las magistraturas de comercio; de apelación, en último grado, de las causas iniciadas ante el juez di mandamento. En materia criminal conoce: de toda contravención a los reglamentos de policía, por acto punible con multa de más de 50 liras, o prisión de más de tres días; de las contravenciones a los estatutos sobre papel, sellado, posta, lotería, notariado civil, insinuaciones y otras materias que son asiento de impuesto fiscal; de todos los delitos por los que no se debe aplicar pena de cárcel.

En cuanto al Senado, es tribunal de apelación en ciertas causas; y de primera y última instancia en otras. No hay recurso de sus sentencias, sino para ante él mismo, en revisión; debiendo en casos tales reunirse en un solo cuerpo. Conoce en primero y único resorte de las causas criminales de gravedad; es la autoridad de que se obtiene el permiso indispensable para publicar una defensa o alegato. El Senado actual, nada tiene de común con la antigua institución de este nombre. Es un cuerpo de magistrados nombrados por el rey del orden de los abogados, sin determinación de tiempo.

Es universalmente reconocida en Génova la rectitud con que desempeñan su ministerio de jueces. Si alguna vez se exponen fundadamente a ser criticadas sus decisiones, es más bien porque se dejan llevar de cierto espíritu de transacción con el poder que no quieren agriar, que por malignidad y falta de rectitud. Sin embargo, su renta es tan corta que llega a perjudicar su honor de magistrados en la opinión siempre dispuesta a explicar la comodidad de un funcionario por razones nada generosas. Aquí como en nuestros países, la juventud tiene una fisonomía intelectual diferente de la que caracteriza a la ancianidad, educada bajo el influjo de ideas y doctrinas diferentes; sin embargo, no se advierte cisión marcada, y se ve por el contrario figurar jóvenes distinguidos en la alta magistratura.

En general, Génova posee sobre los demás Estados de Italia la ventaja de haberse gobernado, desde 1808 por los códigos franceses, a los que debe su jurisprudencia un desarrollo extraordinario. No sucedió lo mismo en Turín, donde fue derogada la legislación francesa, y hasta reaccionada y tomada en odio después de 1815, en que se restablecieron las antiguas leyes civiles, que han estado en vigencia hasta la promulgación del Código Albertino. Se puede decir, pues, que la jurisprudencia de Turín o Piamonte comienza desde la promulgación del nuevo código. Los otros Estados de Italia no reaccionaron del mismo modo al Código francés (pero tampoco le observaron como ley del Estado, a ejemplo de lo que había sucedido en Liguria); y de aquí es que no hay país de Italia donde el derecho esté más adelantado en la práctica que Génova. Es cierto que los otros Estados después de 1815 promulgaron códigos propios, que, como el Albertino, fueron simples modificaciones del de Napoleón; y es ciertamente a esta circunstancia que ellos deben el poco desarrollo que la jurisprudencia ha recibido en estos últimos tiempos, en los distintos Estados peninsulares; beneficio que, como se ve, deben ellos a la Revolución francesa y a Napoleón. En todos ellos, a excepción del reino Lombardo-Veneciano, gobernado por el Código Civil austriaco, rige el derecho francés, si no como ley, al menos como doctrina admisibles en apoyo de la ley nacional incompleta o silenciosa.

Las preocupaciones que han puesto en circulación entre los pueblos de América, los calumniadores gratuitos de Italia, sobre el estado de depresión de sus costumbres, me llevaron a cerciorarme de la realidad de esta especie, por el examen del carácter o dirección que tenía el derecho penal en el Estado de Cerdeña. En muchos parajes públicos tuve ocasión de ver gran número de sentencias criminales, que según el uso del país se fijan en carteles impresos, y se mantienen allí por dos o tres años. Todos los crímenes a que se referían las pronunciadas desde 1840 hasta 1843, se reducían a los de robo y homicidio voluntario, sin que hubiese notado un solo criminal que lo fuese por delito de otra naturaleza. Vi que de la pena de muerte se hacía rarísimo uso. Noté que se empleaba muchísima clemencia en el castigo del homicidio y heridas, pero un rigor excesivo en el del robo; los dos crímenes favoritos de los genoveses; de lo que se podía inferir que temen más a la pérdida de los bienes, que a la de su existencia. El homicidio por envenenamiento, cuyo hábito se imputa tan indistintamente a toda la Italia, es casi desconocido en Génova; un abogado, que gastaba más imparcialidad que la debida, para hablar de las cosas de su país, me aseguró que no recordaba haber visto en Génova proceso alguno sobre crímenes de semejante naturaleza. Para salir de otra de mis preocupaciones desagradables sobre las costumbres italianas, pregunté a este mismo abogado si los procesos sobre adulterio eran repetidos, a lo cual me contestó el malicioso genovés:

—No tanto los procesos, como los delitos.

XIII

Antes de pasar a Turín, nuevas y últimas correrías en Génova. De sus palacios: pormenores sobre el palacio Balbi: sus galerías de pinturas y estatuas. Impresiones primeras de las obras del Caracho, Van-Dick, Rafael, Rubens, el Españoleto, etc. Efectos portentosos de la escultura. Academia de bellas artes: la Hevé y el Napoleón de Canova. Flores. Jardín Doria. La biblioteca. Nueva guía de Génova. El día de Corpus. San Lorenzo. Usos peculiares de los italianos en la iglesia; menos graves que en América, excepto el Brasil. Una tarde en San Ambrosio. Devoción de los italianos. Elocuencia del púlpito. Los mendigos. Descripción de la procesión de Corpus: ceremonial, concurrencia, aire de alegría profana de estas fiestas, y razón de este fenómeno

Hasta aquí he detenido al lector con detalles relativos al foro de Génova exclusivamente. Debo ahora dárselos, según el plan que arriba me propuse, sobre el estado de la jurisprudencia en Turín, capital de los Estados sardos, y centro no menos importante que Génova, del movimiento jurídico en esta sección de la Italia. Para hablar de Turín después de haberlo hecho de Génova, es necesario ir de un país a otro; en este tránsito he tenido impresiones, y estas impresiones piden una narración. Pero antes de dejar a Génova, echemos algunas miradas generales a sus palacios y bellezas, a sus costumbres y ceremonias religiosas, a la índole y carácter de sus habitantes, a su comercio e industria: y después de verla dentro de sus murallas, veamosla por fuera, visitemos, por despedida, sus campiñas y alrededores.

Treinta palacios principales tiene la ciudad de Génova, sin comprender en esta denominación infinito número de casas diez veces más suntuosas que el palacio habitado por el emperador del Brasil, en la América del Sur. Describir sus bellezas sería tan pesado, como lo fue para mí el examen de algunos de ellos, pues no tuve valor para visitar más de cuatro. Sin que falten de originalidad, casi todos se asemejan en el fondo, en todos ellos pinturas, estatuas, jardines, fuentes, arquitectura de los mismos maestros, del mismo género. El primero que visité fue el de Balbi Piovere, trabajado por los arquitectos Bartolomé Bianco y Antonio Cordari. Posee un magnífico pórtico y un patio no muy grande, formado por veinte columnas de mármol, de orden dórico, con otras dieciséis de orden jónico en el segundo piso, sobre el que se apoya un tercero en diez pequeñas columnas. La bóveda de la sala principal está pintada al fresco por Valerio Castello, y representa al tiempo. Por cierto que nada había conocido hasta entonces comparable a la gracia, riqueza y coquetería con que estaba amueblada la parte del palacio destinada a la habitación del príncipe y su familia. La parte opuesta destinada al recibimiento, entre mil preciosidades de arte y riqueza, contiene una soberbia galería de pinturas, donde por primera vez vi los trabajos del Ticiano, del Caracho, de

Van Dick, Guido Reni, el Españoleto, Rubens, Rafael, Piola, etc. Si he de hablar con toda sinceridad, confesaré que al ver estas obras, no experimenté sensaciones proporcionadas a la fama de estos grandes nombres. Recuerdo, sin embargo, la impresión que en mí produjo un cuadro de Rafael, notable no tanto por su ejecución, cuanto por el designio, la mente, el pensamiento de esas cabezas divinas, de esas bocas emblema animado de benevolencia y candor, de esos ojos por donde reía la virtud con la inocencia y ternura celestiales que la distinguen. Tengo también en la memoria la cara de Cleopatra, pintada por Guido Reni. Cuando se han visto sus ojos, su nariz, el círculo de su frente, se halla racional que Roma hubiese experimentado conmociones por causa de su hermosura. Vi también por la primera vez en el mismo palacio, dos bustos romanos, curados de algunos accidentes y alteraciones ocasionados por los años. El soplo de Prometeo era lo único que les hacía falta para desplegar sus labios y lanzar miradas altaneras por esas facciones llenas de la verdad de la vida. En América no tenemos idea de los efectos que el arte es capaz de producir por medio del mármol. Los toscos y groseros trabajos de escultura que conocemos por acá, son incapaces de hacernos concebir cómo es que el mármol pueda imitar el humo, la transparencia del tisú, la flexibilidad de la seda, la vaporescencia de los más aéreos tejidos, con la perfección del pincel. ¿Qué extraño, es, pues, que imite ese baño de imponderable luz con que la vida envuelve el rostro del ente animado? Visitando la Academia de bellas artes, vasto local cuyas numerosas salas estaban pobladas de pinturas notables y copias maestras de estatuas célebres, griegas y romanas, me impresioné sobre todo de dos estatuas de Canova: el busto de Napoleón, y la de Hevé de cuerpo entero. Dos facciones de la cara de Napoleón habían sido desconocidas para mí antes de ver este busto, los ángulos laterales de la frente tan notablemente prominentes, y su parte más alta, desenvuelta al modo de los poetas y metafísicos famosos. La Hevé que me pareció más bella que le Venus de Medicis, admirablemente copiada en mármol, me hizo conocer la posibilidad de concebir una pasión verdadera por las formas expresadas con un pedazo de mármol. Esta figura de indecible expresión, se ofrece al entusiasmo de la primera impresión, como el complemento de la obra que Dios intentó hacer cuando concibió la belleza de la mujer; es la poesía, el ideal de la femenil hermosura. Canova es el poeta de la gracia, como Miguel Ángel lo es de la vehemencia y la fuerza, en los trabajos que de uno y otro observé en dicho establecimiento.

Las primeras flores de Italia que acerqué a mi olfato, fueron cortadas de uno de los jardines del Palacio Doria, por la mano de una mujer del pueblo en que puse en cambio algunas monedas de América; la permuta no pareció desagradar a la florista. Me parecieron fragantes y bellas, pero tal vez debo culpar a la parcialidad de mi órgano el que las hubiese hallado menos fragantes que a las flores de la patria. Era éste el más pequeño de los jardines del soberbio palacio. Sin embargo, en él había tres fuentes hermosas, está ornada la del medio de diferentes estatuas y un Neptuno sostenido por seis caballos, trabajado por Tadeo Carloni, que simboliza, según se dice, al príncipe Doria. Napoleón y Alejandro de Prusia, se han paseado en este jardín en que es tradición daba Andrés Doria a los embajadores los célebres convites servidos en vajillas de plata, que se renovaban tres veces durante la comida y se echaban al mar al fin de cada nuevo servicio.

De las bellezas inútiles, que a menudo chocan al viajero, mas antes que los establecimientos útiles, pasé a recorrer los de este último orden. Fue el primero de ellos la Biblioteca, que encontré numerosa, pero limitada en el plan que ha presidido a la recolección de los libros. Se nota al momento que tanto en ciencias morales, como en literatura y ciencia jurídica, falta todo lo que se encamina a promover los intereses de la libertad y el progreso. Solo es accesible la primera sala, cuyos estantes están guardados por enrejados de alambres. El orden y modo de clasificación es claro y metódico. El actual bibliotecario, hombre de vasto saber, es autor de una Nueva guía de Génova, que aparecía por entregas, a la sazón en que yo visitaba la Italia; la pesada y abrumante erudición de esta obra la hace más propia para extraviar que para guiar al extranjero que se propone conocer a Génova. Sin embargo, ella era recibida con aplauso por el entusiasmo genovés; que el autor no descuidaba de excitar por fuertes dosis de lisonja.

Era el 15 de junio, día del Corpus. La ocasión no podía ser más bella para adquirir una idea del colorido que ofrecen las fiestas religiosas de los genoveses. Desde por la mañana bien temprano, las calles estaban toldadas con paños de lona, para solemnizar el pasaje de la procesión, que tuvo que diferirse a causa de la lluvia sobrevenida al principiar la función. Como en todos los pueblos católicos, esta función es grande y suntuosa en Génova, que si no es mejor católica que nosotros, sabe a lo menos simular con más arte las creencias que la civilización impone a todo pueblo culto. Muchas iglesias estaban preparadas para recibir la visita del Santísimo Sacramento, que no descansa en altares puestos en la calle pública, como en nuestros países. La de la catedral estaba magníficamente puesta. Lleva esta dignidad de metropolitana la iglesia de San Lorenzo, una de las más suntuosas y antiguas de Génova. Pocos años después del 259 de nuestra era, en que San Lorenzo sufrió el martirio en Roma, bajo el emperador Valeriano, se convirtió en iglesia el hospicio que había habitado, cuando venía de España para ir a Roma. Hay cronistas que negando esta tradición, sostienen que es a fines del siglo XI cuando la iglesia de San Lorenzo, se elevó, a expensas del público, al grado de esplendor en que hoy se ofrece. Fue consagrada por el Papa Pelayo II. Por la misma época, es decir, en 1088, esta iglesia recibió las cenizas de san Juan Bautista, que se habían transferido de la ciudad de Mirra, en la Lidia, y se arrancaron por los genoveses a los venecianos en las guerras de la Edad Media. La iglesia de San Lorenzo es un museo de preciosidades de escultura, arte arquitectónico y pintura. Piola, Carlone, Barocci, Tovarone, Castello, han iluminado con sus mágicos colores la bóveda y murallas de esta soberbia basílica.

Para la función de Corpus no estaba adornada esta iglesia según nuestra costumbre de sembrar de flores de trapo y oropel los altares. Conforme al uso seguido en Italia, estaban vestidos de damasco punzó, galoneado de oro, las columnas de mármol, las cornisas, púlpitos, balaustradas, todo el templo en fin, aparecía cubierto de púrpura de arriba abajo. Allí se encienden pocas luces; no hay ese lujo de cera y de iluminación que en nuestros países. Las vestiduras de los sacerdotes para el servicio de la misa son ricas, pero de modestos colores. Me sorprendí no poco al escuchar los acentos de un órgano muy común, en vez de una brillante orquesta que yo me había prometido escuchar; y me sorprendí mucho más todavía de que la ejecución del órgano, en el curso de la función, fuera la misma, mismísima ejecución florida y profana que estaba fastidiado de oír en los templos del Río de la Plata. Durante la misa se tocó muchos valses de Strauss. La concurrencia va menos dignamente puesta a la iglesia que en la América oriental, o mejor diré, que en el Plata, pues el Brasil es sin ejemplo en la informalidad e irreverencia de sus fiestas religiosas. En la capilla del Emperador, estando oyendo misa su majestad y consagrando un obispo, he visto a todo el auditorio volver su espalda al altar y al solio, por atender a un mal cantor que se hacía escuchar en el coro, y aplaudir con un bravo estrepitoso y general un trozo ejecutado con cierto brillo. Volviendo a las costumbres de los genoveses, los hombres asisten a las grandes solemnidades religiosas, de levita casi siempre de color, más o menos del modo como se presentan en las transacciones de la Bolsa. Las señoras de alta clase y fortuna van de color, de sombrero, sin oro ni perlas, ni los otros adornos brillantes de que abusan nuestras damas del Plata para presentarse en la iglesia. No se ve una sola que venga desprovista de su libro.

Las de segunda clase van tapadas con un largo chal de punto blanco, llamado pesotto, y el resto de su traje de colores vivos y despiertos. No he visto tres vestidos negros en la función del Corpus. Atascadas las naves de la catedral de estas figuras blancas, ofrecen el aspecto de verdaderos rebaños de ovejas espirituales; se tomaría este uso como tradición del velo blanco de las antiguas vestales. Las señoras están sentadas o hincadas en sillas grotescas de junco, que se alquilan y pagan allí mismo, por dos o tres centésimos, a mujeres infelices, que hacen este tráfico. También lo pasan de pie las más elegantes; pero ninguna se hinca ni se sienta en el suelo. Algunas llevan abanico, pero tan malo y ordinario, como no lo llevaría una aldeana de nuestros países, donde el abanico es un mueble brillante, que sirve de ostentación, tanto como de utilidad, y suple a la palabra en las visitas de ceremonia, y es talismán de seducción, entre los dedos abrillantados de una bonita y blanca mano.

Pasé la tarde de ese mismo día en San Ambrosio, iglesia de los jesuitas, dividida en tres naves, formando cruz latina, incrustada toda de mármoles de colores variados, con siete cúpulas dignas de verdadera admiración, como lo es también la bóveda, que por la pompa y riqueza de sus pinturas y dorados, es emblema exacto del cielo. Sería no acabar el describir las preciosidades de esta iglesia, que muy justamente pasa por una de las más suntuosas y ricas de Génova. Aquel día estaba despejada de todo ornamento postizo. Había hermoso canto acompañado por un órgano colosal y otros instrumentos de viento. La música era de un género más vivo y alegre, que de ordinario se oye en América en fiestas de este orden. Es innegable que las formas exteriores del culto católico en Italia, ofrecen un colorido más alegre y despierto, por decirlo así, que las que hemos heredado de los españoles, sombrías más bien que graves, y austeras como el fondo de su carácter. Las elegantes de sombrero a la francesa, no estaban en aquella tarde en San Ambrosio; la iglesia blanqueaba con los velos de las vestales de segundo orden, entre las que pululaban las lindas caras bañadas de no sé qué devoción coqueta, de que no estaba exento ni el orador sagrado, en lo alto de su púlpito, cuyo gesto y acción se acercaban más al actor dramático, que al maestro de la divina cátedra. El púlpito genovés, evidentemente, no es superior al de nuestro país, si he de juzgarle por el orador cuya prédica escuché en aquella tarde, está lejos de poseer la simple e insinuante elocuencia del predicador cristiano. Todo en él me pareció afectación y artificio helado. ¿Cómo reprobar la insensibilidad del público hacia un orador que habla poseído de mayor insensibilidad que la de su auditorio? Reiterados y frecuentes eran, pues, los esfuerzos del predicador para atraerse las miradas atentas de los lindos ojos, que como a su pesar, se desviaban del espectáculo de su declamación, sin convicción ni vida, para contraerse a los portentos del arte más elocuente y religioso que lo era el inanimado predicador. Acabada la función y mientras el público desalojaba el templo, la voz de un mendigo gemía a las puertas, tan dulce como los ecos lamentosos de Bellini; sin embargo, yo notaba que los fieles genoveses desairaban con corazones de acero, aquella blanca mano abierta en nombre de la misericordia. No tardé en advertir que su colorido y encarnación de perfecta salud, desmentían victoriosamente la verdad de las palabras por las que protestaba el más desgraciado del universo.

El domingo próximo, esto es, el 18 de junio, se verificó la procesión de Corpus frustrada el 15. A las diez del día ha comenzado la función, que debe concluir a las doce y media. Toda Génova está en la calle por donde la procesión debe hacer su tránsito. He aquí el pueblo menos creyente de la tierra tal vez, que abandona sus hogares, sus faenas, todo en fin, para asistir a una solemnidad religiosa. No todo el mundo es parte de la procesión, que es cinco veces menos numerosa que el público espectador y paseante. Este público, que ocupa una parte de las calles, las plazas y balcones, tiene el aire burlesco, risueño, mundano, y va vestido de color como a una fiesta cívica. Se ven ciertos balcones donde gentes notables toman sorbetes al tiempo que pasa la procesión. El público, actor o procesional, que es oficialmente devoto en este acto religioso, se compone de los conocidos ingredientes de frailes, clérigos, soldados, empleados civiles, niños, preceptores, abogados, etc. La porción no oficial es pequeña. El total se compondrá de más de cuatro mil personas. Puesta la procesión en movimiento, todo el mundo canta; pero como es imposible obtener unidad en la ejecución de esta orquesta que toma un trayecto de mil varas, se divide en coros de quince a veinte voces, que cantan en tono y movimientos separados y arbitrarios. Algunos, queriendo dar a conocer su fervor religioso, por la magnitud e intensidad desmedida de su voz, estremecen el aire con sus gritos. Cruces y pendones, llevando inscripciones diferentes, y colocados de distancia en distancia, son como los guías que encabezan las compañías de esta religiosa parada. Una mitad de la procesión está compuesta de clérigos y frailes. La variedad de trajes con que se presentan las distintas y numerosas órdenes religiosas, es uno de los rasgos más picantes de esta concurrencia. En esta fracción es donde descuellan las bellas cabezas, las fisonomías distinguidas, que no se ve en el resto de aquel mundo de fisonomías estúpidas, de cabezas deprimidas y mal formados cráneos. Cuando, en un acto como éste, presenta Génova su cabeza desnuda al examen del extranjero, no puede menos éste que advertir la pobreza y desproporción de cabezas y caras, que por lo general ofrece aquella población, como la mejor explicación quizás de su degradación mental. La procesión camina por un sendero algo estrecho, formado por gruesas y espesas hileras de mujeres del pueblo, que asisten de simples espectadoras. La mujer del pueblo, en Génova (por pueblo tomo lo que no es nobleza), es fea, desgraciada; tiene mala dentadura, boca sin armonía, y ásperas manos. Es muy casual que el ojo del viajero americano descubra una de esas fisonomías dulces y agraciadas, que son tan comunes en la población ínfima de la América meridional. En los pueblos católicos la fuerza militar es un elemento indispensable en las procesiones religiosas; las bayonetas son inseparables del guión y de las varas del palio, sin que se pueda explicar esta amalgama de cosas tan opuestas. Sin embargo, en Génova, es pequeña la división de soldados que concurre a la función de Corpus. No sucede lo mismo en cuanto a los agentes de policía, que, con un gran sombrero atravesado a la Napoleón, componen una tercera parte casi del cortejo procesional, de modo que la diferencia de nuestras respectivas procesiones en esta parte viene a consistir en la calidad del arma: en América se rinde homenaje a Dios con arma de fuego, y en Italia con arma blanca.

De los balcones del tránsito se arrojan flores (pétalos de acacia amarilla), por las manos de niños y mujeres que hacen esto con el gozo loco y bullicioso que acompaña ordinariamente a los festejos del carnaval. Las clases ricas y nobles sin empleo, no asisten a la procesión, que es, si puedo expresarme así, casi exclusivamente plebeya, a excepción de los poderes eclesiástico y civil, en ninguna parte considerados como plebe. El escándalo no se deja ver jamás en actos de esta clase, pero tampoco la verdadera devoción. En Italia una función semejante es como cualquiera otra de orden civil entre nosotros; se desempeña sin emplear más calor que el ordinario, y se pasa a otra cosa con el espíritu sereno. No deja de hacer también las veces de esas grandes escenas de la vida colectiva y nacional, que falta a aquellas sociedades sin existencia política; y de que los pueblos no pueden eximirse. Si en Italia no hubiese fiestas religiosas, ¿qué fiestas tendría el pueblo?

XIV

El genovés no echa de menos las diversiones. Austeridad de sus costumbres. Carácter sombrío de su nobleza. El casino. La Piazza Banchi y la Borsa. Anomalía del espíritu mercantil y el de la localidad en el genovés: su esquivez genial hacia el extranjero, cuyas ideas son mejor admitidas que su persona. Temores del clero al influjo extranjero. Ineficacia de las restricciones a este respecto. Creencias del pueblo y la nobleza en Italia. Situación política de la nobleza en Génova. Ir con tiento cuando se hable de la austeridad genovesa. La economía es el alma de ella. Conmociones producidas por una fiesta gratis. Incertidumbre de las calificaciones del carácter de los pueblos

Se debe convenir no obstante, en que, a este respecto, el genovés es el italiano menos desgraciado, pues su carácter naturalmente austero y concentrado, le hace poco amigo de las diversiones públicas. En Génova no hay círculos ni reuniones privadas de pasatiempo; no hay bailes, ni públicos ni privados. Los teatros de espectáculo están medio desiertos casi siempre. Poco se visitan las gentes entre sí; cada uno en su casa y con los suyos. La nobleza, dividida por emulaciones de rango y jerarquía, no se da con el pueblo, ni consigo misma. ¿Destituida de interés común, qué puede dar motivo a sus reuniones? Gasta poco, aparece menos, economiza excesivamente; hay noble que no gasta ni la décima parte de su renta. La aristocracia de Inglaterra no tiene exterior más esquivo y desdeñoso que la nobleza destronada de Génova. Solamente en los salones del casino, se permite algún contacto con el comercio más distinguido, en los bailes extraordinarios de carnaval, en las mesas de juego, en los gabinetes de lectura de este palacio mercantil, en que el comerciante, elevándose al tono del noble, alterna tímidamente con él. Solo se habla de dos sujetos, pertenecientes a la nobleza, que se hayan dado a las empresas del comercio, y desgraciadamente con muy mal suceso.

Esta disposición de los genoveses no tanto es hija de su estado de cosas político, cuanto de su carácter habitualmente sombrío, reservado, egoísta, dado a los cálculos y proyectos de ganancia. El genovés tiene sus diversiones y sus placeres más queridos en la Piazza Banchi y en la Borsa. Se reúne en sociedad para hablar de negocios materiales. Cuando no es una especulación de comercio lo que debe dar pábulo a la conversación, la abandona inmediatamente para retirarse a su centro doméstico. Esto hace que las asambleas y concurrencias, en el paseo, en el salón, en el teatro sean sombrías, silenciosas, faltas de vida y movimiento. Para ver contento, animado, elocuente, si se quiere, a un genovés, es necesario seguirle a la Piazza Banchi especie de salón, más bien que plaza pública, donde se revuelve el mundo de comerciantes, agentes de cambio, capitanes de buques desde muy temprano hasta la hora en que los rayos del Sol de medio día, le hace entrar en el salón de la Borsa, más grande que la Piazza Banchi.

De aquí viene que Génova es una familia aparte, exclusiva, pura, sin mezcla, la ciudad única del mundo, quizás, que ofrezca este carácter de entre las que ocupan una situación litoral. Allí no hay extranjeros. El que penetra por casualidad, se hace expectable por su aire exterior, poco más o menos como sucede en una aldea mediterránea. Si el genovés es árido para su propio compatriota, ¿cómo no lo será para el de afuera? Parece que los genoveses se desquitan a su gusto en el seno de su país de las complacencias y acatamientos tan violentos para su carácter altanero, por los que pasan en el país extranjero, a donde la necesidad les conduce en busca de fortuna.

Quizás la influencia monacal concurre no en poca parte, a alimentar en las masas este espíritu de aversión y antipatía contra el extranjero, temiendo no sin razón, que su roce y contacto pudiera acarrear en el genovés un progreso inteligente, pernicioso, no a los verdaderos intereses, sino al egoísmo del monasterio. Sin embargo de esto, allí no se mira con el mismo disfavor las cosas que vienen de afuera, y las cosas no civilizan menos que las personas, muy especialmente, los libros, las ideas, el pensamiento escrito. Los libros franceses, como lo he notado antes, pululan por todas partes en aquel país; y con tal que no contengan aplicaciones ofensivas y directas al sistema o a las personas que gobiernan el país, poco importa que en ellos se trate las materias generales con la libertad y latitud más ilimitadas. Es aplicable sobre todo esta observación a la prensa periódica y a los libros de jurisprudencia y materias de administración. Allí, por ejemplo, está prohibida la circulación de los libros de Sismondi; pero en todos los cafés se lee periódicos franceses en que se trata de las materias más delicadas de gobierno con la audacia que no empleó jamás el famoso historiador de las repúblicas italianas, conocido amigo de la estabilidad de los gobiernos existentes. De este modo es como en Italia, lo mismo que en los nuevos Estados de la América meridional, los trabajos de la reforma social están radicados de un modo indestructible. Allí los frutos de la Revolución francesa se hacen sentir a cada instante y por todas partes. Génova no es dependencia de Napoleón, no obedece a su espada, pero se gobierna por sus códigos, cuyas disposiciones consagran los principios más altos de la moral y la legislación de las naciones. ¿Será posible evitar, pues, que estos gérmenes se desarrollen por grados en la conciencia de aquella sociedad, y que a la larga den los frutos cuya madurez en vano se trataría de alejar? Con los códigos vienen los comentadores; con los comentarios la discusión de los principios y verdades que constituyen la naturaleza moral y social del hombre.

Entretanto, hoy día, es indudable, las masas vegetan en lamentable atraso; el hombre del pueblo no sabe leer, es fanático con sinceridad, a la par que vicioso y corrompido. La mujer en Italia, es creyente por lo general, y la que no tiene creencia religiosa, es casi siempre disoluta. La juventud de la clase media y acomodada, de los treinta años abajo, es atea o deísta. Entre la nobleza, las mujeres tienen verdadera creencia, no digo costumbres intachables; no así los hombres, que son volterianos en su mayor parte, o al menos escépticos e indiferentes a las cosas religiosas; esto último es lo más positivo, pues no tienen la suficiente instrucción para ser volterianos. Creo haber dicho antes que la nobleza actual de Génova no tiene parte en el poder ni goza de más prerrogativas que las concedidas a la orden de la Anunciada, y consisten en que sus miembros no puedan ser enjuiciados sino por tribunales excepcionales y privilegiados; concesión hecha a la orden, como se ve, por motivos religiosos, no por calidades de sangre y raza. Vive con opulencia, y su mayor ambición es la de ser convocada de vez en cuando, en consejo por el soberano, y llamada al servicio de su corte. Destinada a vegetar en la molicie, no se cultiva; el placer es su ocupación. Se puede inferir, pues, que ella no ambiciona a vivir tanto como la aristocracia de Inglaterra.

La actual Génova no tiene simpatía por ninguna de las familias nobles existentes o pasadas; o, por mejor decir, este país no tiene hoy día afección política por nadie. El comercio, el interés individual le absorbe completamente; si nos fijamos en el carácter de sus guerras pasadas, hallamos que casi siempre tuvieron por causa ventajas de comercio, intereses que rara vez dejan recuerdos memorables.

Cuando se dice que Génova es sombría y austera por el carácter de sus habitantes, no se quiere decir que lo es al modo de los Estados Unidos de Norteamérica o Londres. Es preciso no olvidar que Génova es un pueblo meridional y que pertenece a Italia. El genovés no va al teatro, mas tal vez por razón de economía que por austeridad; no concurre al baile, no asiste a paseos quizá por igual motivo; pero se desquita con las fiestas religiosas, que se repiten diariamente y son verdaderas fiestas cívicas. Se puede decir verdaderamente que en ellas, Génova satisface la necesidad de las asambleas de expansión y recreo, inherentes a todos los pueblos meridionales; el objeto es vario y susceptible de cambiar según la situación respectiva de cada pueblo, pero la exigencia es universalmente observada. Nuestras repúblicas celebran sus fiestas cívicas. Génova solemniza sus fiestas religiosas. Los días de San Juan Bautista, de Corpus, son el 25 de mayo, el 18 de septiembre de los genoveses; en aquéllas el mismo entusiasmo que en éstas. Antes del 24 de junio se esparcen por las calles proclamas impresas que anuncian con un cierto calor demagógico la inminencia del gran día; en ellas se excita el celo piadoso de la soberbia ciudad para su grandiosa solemnización, en un tono más alarmante que el empleado por O'Conell para enardecer el patriotismo de las masas irlandesas. Yo que llevaba presentes en mi memoria los bandos del ministro oriental, señor Pacheco y Obes, fijados para terror de los malos patriotas en las calles de Montevideo, no pude resistir al involuntario impulso que atrajo mis ojos hacia aquellos monstruosos tipos en que se interpelaba a la gran ciudad de Génova y a los genoveses para que, so pena de ser considerados como malos italianos, fuesen fieles asistentes a la función y procesión de San Juan Bautista, patrón de la ciudad; esto es, a la más alegre, bulliciosa y popular diversión que tengan los genoveses.

Yo me atrevería a sostener que Génova, no solamente no es triste, sino que es uno de los pueblos más inclinados a tener diversiones. No me cabe la menor duda de que su estado político explica en mucha parte la reserva de su carácter. Ciertamente que no tiene el vicio del deleite, como Cádiz o Madrid; y pobre de ella si le tuviese. Pero es un hecho que se divierte más de lo que es natural a un pueblo ocupado y serio, en todo lo que no cuesta plata.

Por lo demás, se debe confesar que nada hay más vago que las calificaciones generales aplicadas al carácter de este o aquel pueblo. Independientemente de las alternativas a que puede estar sujeta la vida ordinaria de un pueblo, él puede ofrecerse bajo muy diversos aspectos según el carácter del observador; un pueblo muy alegre para el viajero inglés, puede aparecer muy triste a los ojos de un viajero de Nápoles, o Andalucía. Se puede afirmar, en efecto, que son los otros italianos los que han dado a Génova la reputación de triste; y esto dimana de que en el resto de Italia, sus habitantes pueden vivir ocupados de gozos sin perecer de hambre; una existencia semejante costaría la vida a los genoveses, que tienen que batallar sin tregua contra la miseria y la ingratitud del suelo. El ducado de Génova, privado de terreno capaz de servir al trabajo agrícola, subsiste del comercio del tráfico, especialmente cereales, vino, viandas, todo lo recibe de fuera y nada posee de seguro para su subsistencia. La vida del genovés, pues, reside esencialmente en el comercio, cuyos menores contratiempos son verdaderas calamidades públicas; la idea de su clausura o absoluta interdicción pone horror al genovés. Así nada más vital para Génova que las mejoras proyectadas y en ejecución, sobre los caminos interiores, el puerto y establecimiento de su aduana marítima.

XV

El comercio es el alma de Génova. Todo allí se subordina a su espíritu, hasta el estilo de los edificios. Trabajos y mejoras materiales. La municipalidad: su crédito y rentas: su táctica para evadir los pechos del gobierno. Carácter nacional del comercio de Génova. Allí es nulo el comercio extranjero: ausencia de casas inglesas y francesas. Tolerancia de cultos. Carencia total de bancos y casas de créditos. Es temido el crédito como instrumento de libertad y reforma. Ventajas y prerrogativas del comercio genovés. Sus recreos del casino Efectivamente el comercio y la adquisición de fortuna es el fin, el principio y medio de la vida de aquel país. La ambición dominante del comerciante acaudalado, es poseer y habitar grandes palacios. El que hoy sirve de residencia a la persona y familia del rey, cuando viene anualmente a Génova, fue propiedad de un particular, que se compró por el Estado.

Los trabajos de utilidad pública toman también este carácter y dirección; ellos se encaminan señaladamente al provecho del comercio. La edificación material de Génova se regenera en el mismo sentido que sus costumbres e ideas; el estilo de los edificios adaptables a la vida y ocupaciones de la clase mercantil e industrial, se sobrepone poco a poco, a la magnificencia aristocrática de las antiguas construcciones. Uno de los bellos trabajos que actualmente está en ejecución es el del ensanche y engrandecimiento del local denominado Puerto Franco, cuyas tres puertas de desembarco, insuficientes hoy al vasto comercio de aquella plaza, deben aumentarse por una serie de otras muchas, que se extenderán por todos los bordes del estanque destinado a recibir las embarcaciones de desembarco. Esta obra, que hace parte de la construcción de la galería que está construyéndose sobre el mar, y debe extenderse en dirección al Levante lo mismo que hoy al Poniente, se ejecuta a expensas del tesoro municipal.

La municipalidad de Génova es opulenta; posee un vasto crédito. Sus rentas son administradas por síndicos elegidos popularmente, con aprobación del gobierno. Posee el producto de los impuestos del vino, del aceite y otros ramos no menos capitales en la producción industrial del país. Temerosa de las usurpaciones del poder, emprende obras audaces, para el desempeño de las cuales compromete su crédito con el fin de que su renta nunca deje sobrantes capaces de dar pretexto al gobierno para ingerirse en la disposición de una parte de ellas, como más de una vez lo ha intentado, con poco suceso, según creo. He aquí uno de esos hechos consoladores, que muestran en actividad y acción, en medio de sociedades que suponemos en la última abyección, precisos restos de la antigua libertad, que a la vez son arranques de la venidera emancipación.

El comercio de Génova es puramente nacional por lo que hace a las personas que le desempeñan en la plaza; quiero decir que todas las casas principales son genovesas. Aquel teatro es poco apropiado a la actividad del comerciante de fuera, no existe en Génova ese espíritu cosmopolita, que preside al comercio de toda la América, de Livorno, Gibraltar y otras plazas célebres. Allí no se conoce una sola casa francesa de importancia; apenas había unas tres casas inglesas, y esas de segunda línea. El culto exclusivo allí reinante no entra por poco, a mi ver, en la explicación de este fenómeno. El hecho es que los judíos, aglomerados en tanto número en Livorno, parecen haber excitado en favor de esta plaza la simpatía de los ingleses y americanos del Norte, que han hecho de ella como el necesario entrepuente para sus empresas mercantiles en África y Levante. Génova tiene agregados a su población, pero sin incluir en ella, trescientos judíos, en que se comprenden algunos sectarios de otras religiones, y como unos cuatrocientos protestantes suizos e ingleses; los judíos están privados del derecho de poseer inmuebles, lo que les pone en la necesidad de dejar aquel país o darse al comercio marítimo. No faltan, a pesar de aquellas trabas, ricos banqueros y negociantes protestantes. Por otra parte, es de notar que el exclusivismo e intolerancia de rito, no son tan grandes en aquel país que se haya podido desconocer la necesidad que el comercio tenía de facilitar su contacto y roce con los pueblos de distintas creencias, y se ha concedido a los judíos la facultad de tener una sinagoga, que se halla en las cercanías de Malapaga, y a los protestantes un templo en la Crosa del Diávolo.

El comercio de Génova tiene la enfermedad que parece inherente al de todos los pueblos meridionales de Europa y de América: la falta de instituciones de crédito. El crédito reposa en la franqueza y lealtad de las costumbres y en la difusión de la instrucción en las masas; dos cosas que faltan a los pueblos que dejo mencionados; es además un instrumento de progreso y libertad, como lo acredita el ejemplo de los Estados Unidos, y una muestra de ello es que el gobierno de Génova, poco preocupado de la idea de acelerar un desarrollo, no ha mirado con buen ojo las tentativas hechas por los negociantes de Génova, para el establecimiento de un Banco. De aquí viene la especie de mezquindad y estrechez que preside a las operaciones del comercio interior de Génova, que, en desquite, se contenta con el beneficio de la seguridad, pues rara vez se oye hablar de quiebras y bancarrotas. El comercio de Génova disfruta del precioso beneficio de poder elegir los miembros que componen el tribunal de comercio, bien es verdad que con aprobación del rey; es el flaco de todas las libertades genovesas; allí nadie es libre sino con permiso del rey, pero esto es referente, con especialidad, a las libertades no civiles.

Génova, que tiene palacios para la religión y la nobleza, debía tenerlos también para el comercio, su segunda religión y segunda nobleza. En efecto, entre los muchos de que se enorgullece la vanidad de los genoveses, hay uno de modesta arquitectura, destinado para círculo o reunión recreativa de los mercaderes de alta distinción. Es esta una de las más bellas casas de este orden que existan en Europa. Posee un delicioso jardín, sobre el cual está una sala destinada a servir de estancia a los fumadores, en la que hay también una mesa de billar. Posee además un vasto y elegante salón de baile, soberbiamente amueblado, donde se dan frecuentes tertulias en invierno; un gabinete de lectura, con ricas y modernas colecciones de libros, panfletos y papeles periódicos de toda Europa; brillantes, fantásticos y costosos muebles; multitud de piezas de distracción y flânerie. Accesible el casino únicamente a la parte más selecta del comercio y a la nobleza, su tono, aristocrático, por decirlo así, le quita todo género de analogía con esos clubs-café, en que los agentes subalternos, rendidos con la fatiga del día, van como a reparar sus fuerzas aniquiladas, alargando sus piernas sobre las sillas y dormitando al lado del vaso de cerveza, entre el humo de más de veinte cigarros que arden a la vez.

XVI

Menos americanos en Génova que en Roma, Londres o París. ¿Por qué las capitales nos atraen? Inconvenientes que esto ofrece al estudio de nuestros jóvenes. Ventajas de las ciudades de segundo orden. Su analogía con nuestras capitales. Otro tanto respecto de las naciones: importancia de nuestros viajes en Italia y España. Influjo de estos países sobre América: el Mediodía de Europa preferible al Norte como objeto de nuestro estudio. Verdaderos fines de nuestros viajes de instrucción y aprendizaje en Europa. España, el más importante objeto de nuestro estudio y examen. Preocupación popularizada entre nosotros a este respecto. Hospitalidad agradecida de los genoveses

Un americano del Sur podrá no encontrar compatriotas en Italia; muy especialmente si los busca en Génova, u otra de las ciudades capitales de la península que no sea Roma, donde quizás sería menos difícil hallarlos. Nos sucede a los de estos países de Italia, lo que en Francia e Inglaterra; en cuanto llegamos a ellos buscamos las capitales. Efectivamente el aspecto de una de esas grandes metrópolis del mundo tiene un efecto maravilloso para nosotros los hijos del desierto. Pero comúnmente son más capaces de producir vértigo y abombamiento en el espíritu de nuestro jóvenes viajeros, que no la madurez y razonamiento que van a buscar en Europa. Se observa allí misma, que de las grandes capitales se envían jóvenes a los colegios acreditados de la provincia; en el colegio de Chambery, en Saboya, he visto muchos jóvenes de familias respetables de París. Las grandes capitales inclinan y engendran aficiones por lo que es frívolo y meramente de vanidad. En más de un punto de importancia pública es confesada la superioridad de las inteligencias provinciales, sobre las de la capital; y es un hecho casi universal que el buen sentido a toda prueba, la gruesa sensatez se cultivan y forman en el silencio de la provincia. Guizot, Thiers y los más notables hombres de Estado, que hoy figuran en Francia, se han formado en ciudades de segundo orden. Una observación análoga ha hecho notar a M. Cormenin que los mejores libros de administración y ciencia legal, franceses, se publican a menudo en las provincias. Por otra parte las capitales de provincia en Europa tienen mucha más analogía, en su sistema económico y administrativo, con nuestras principales ciudades, que no esos monstruos de pueblos, que como Londres y París, no tienen un solo término de comparación con los mayores de entre los nuestros. No son las teorías sagaces y nuevas de la Sorbona o del Colegio de Francia lo que importa que nuestros jóvenes traigan a su país indigente y pobre en adelantos; sino ejemplos prácticos, de instituciones capaces, por su escala y alcance, de realizarse entre nosotros. Cuando el deseo sincero de adquirir sólida instrucción haya reemplazado a la vanidad, en el móvil de nuestros viajes a Europa, ciertamente que no serán París y Londres, los pueblos que más frecuente nuestra juventud. Y lo que digo de las ciudades lo aplico también a las naciones; la Italia y la España serán dos países que se visitarán más y más a medida que se comprenda mejor el motivo de nuestros viajes de investigación en Europa. La América por su clima y antecedentes, no guardará la misma división de razas y pueblos que el Norte y Mediodía de la Europa. Descendientes nosotros de la raíz grecolatina, nunca podrán servir para nuestro tipo de instrucción social, los pueblos de origen céltico o germánico. La Europa meridional es y será nuestra escuela inmediata y natural. Allí es donde debemos buscar la forma y carácter de los progresos que el tiempo ha debido dar al genio originario del nuestro; pues una eterna analogía ligará nuestra sociabilidad en su dirección y carácter con la del Mediodía de la Europa. La Italia ofrece un campo fértil de instrucción para el viajero estudioso de América, no por sus antigüedades y recuerdos, con los que nada tiene que ver este mundo sin tradiciones y cuya existencia entera está en el presente y porvenir. La arqueología, la erudición y ciencias todas del anticuario, son y serán siempre plantas exóticas y de imposible aclimatación en América. Los misterios del pasado, solo son accesibles al que habita sus despojos. Tampoco debe llevarnos a Italia el interés y admiración por las bellas artes. Lo que digo de la historia y de la erudición, lo aplico con más razón a la música, a la pintura, a la escultura: la América no es ni será por largos siglos el país del arte. Como pueblos jóvenes y ardientes, los nuestros tienen amor a sus producciones y son sensibles a sus bellezas. Pero el cultivo del arte, en alto grado, supone algo más que entusiasmo y pasión; supone progresos de civilización material y cultura inteligente en un grado y extensión a que la América Meridional está muy lejos de aproximarse: la Italia debe frecuentarse, por nuestros viajeros, como un país donde a pesar de las declamaciones de los amigos de la libertad contra su actual postración política, hallarán un inagotable manantial de conocimientos prácticos, de instituciones de orden material, de trabajos, obras y construcciones trasplantables a nuestros países con más facilidad y provechos que las de cualquier otro país. Nos equivocamos grandemente cuando a este respecto parangonamos la Italia con la España; estas dos naciones han podido igualarse antes de ahora en lo desgraciado de su situación política; pero en cosas de orden administrativo, trabajos públicos, rutas, legislación civil, policía de seguridad, es tan superior la primera a la última, como lo es la Francia respecto de nosotros.

La España misma, a pesar de todo, es tal vez el país de Europa que más interesa estudiar al viajero de nuestra América Meridional; allí están las raíces de nuestra lengua y de nuestra administración, el secreto de nuestra índole y carácter; allí se han escrito las leyes que nos rigen y se ha hecho la lengua que hablamos; nosotros hemos admitido y manejado todo esto sin la intervención de nuestra conciencia, como pupilos; para entender pues nuestra sociedad, para sondear las miras y espíritu de las instituciones sobre que reposan y descansan de largo tiempo sus cimientos, es necesario ir a estudiar la madre patria. Desde lo alto de la metrópoli, es de donde podremos echar una mirada general y completa a la sociedad en que vivimos. Allí está y estará por largo tiempo nuestra gran capital: no nos gobiernan ya sus reyes; tampoco el ejemplo de su actual vida pública, si se quiere; pero el yugo de su acción anterior, la influencia de su poder pasado, nos es tanto más difícil sacudir, cuanto que se hallan radicados hasta en la forma de nuestros cráneos y la sangre de nuestras venas: somos la España, en una palabra, ¿cómo emanciparnos de la España? La calma de la reflexión nos dará a conocer que la independencia de América no es más que la desmembración del poder político de la España; la división de esta nación en dos familias independientes y soberanas. Por lo demás, el tipo de su civilización, el molde de su carácter, la forma de sus ciudades, la conducta y régimen de vida, todo es idéntico y común. El hacha de la revolución ha podido trozar el gajo por donde se trasmitía la savia del tronco hasta las ramas de nuestro árbol genealógico; el vástago ha echado raíces en nuestro suelo, pero la planta exótica exige terreno y cultivo análogos a los que alentaron su progreso en el país originario. Busquemos, pues, allí el sistema de que se valían nuestros padres para dar vida y engrandecimiento a la sociedad de que fuimos vástago un tiempo, y cuya índole y propiedades conservamos hasta hoy; comienza a comprenderse que el secreto de nuestra existencia actual reside en el estudio de nuestro pasado colonial. Pronto se comprenderá que para conocer a fondo nuestra existencia colonial, es necesario descender a la historia del pueblo español europeo, cuyos elementos sirvieron para componer el pueblo español americano. Entonces nuestra historia contendrá tres grandes divisiones: 1.ª, historia de España, en España; 2.ª, historia de España en América; 3.ª, historia de la España americana o independiente. Así las ideas generales y la ciencia nos traerán un día al seno de nuestra familia, que hemos desconocido y negado en el calor del pleito doméstico llamado revolución americana. Vendrá en breve el día en que no se oirá decir en español, que el español es bárbaro. Ya hemos dicho de nuestra raza todo lo malo posible; ahora es necesario ver el reverso estrellado del cuadro; dar la espalda al hogar español, y formar parada ante el mundo extraño a la familia, de los títulos que nos asisten para envanecernos de nuestro origen. Hemos alabado ya a los de 1810; tomemos ahora las cosas de más alto y alabemos a los de 1492; a los que inventaron la mitad del globo terráqueo, le despoblaron de razas bárbaras, especie de maleza humana, para poblarle de las más bella raza de la Europa, de la noble raza española; a los que fundaron un Estado en el que, por espacio de tres siglos, jamás se puso el Sol; y cuyas leyes, como los vientos alisios, circundaban toda la redondez del planeta que habitamos;

a los que fundaron estas veinte naciones que hablan hoy su lengua, que se rigen por sus leyes, que conservan su culto, sus templos, sus poblaciones, sus rutas, sus tribunales, sus impuestos, su sistema militar, su comercio, sus ciudades y edificios monumentales. Todo esto es algo más que nuestros triunfos de los catorce años, obtenidos con armas, con luces debidos a los vencidos; pues todo esto lo desconocemos, lo detractamos, para ponderar nuestras instituciones que se lleva el viento revolucionario, ese viento no obstante que silba en vano contra los muros del grande y viejo edificio, sin poderle destruir. No combatamos a la raza española, porque somos ella misma; a su obra, porque es el mundo que habitamos, a su dominación, porque ella abraza toda nuestra existencia menos una octava parte; a sus antecedentes, porque ellos nos gobiernan todavía en su mayor parte, y no debieron ser tan malos desde que nos dieron la aptitud de emanciparnos llegada que fue la oportunidad. Estudiemos, pues, a la España para conocernos a nosotros mismos; y para conocer bien a la España, estudiémosla en España.

Entretanto, veamos lo que en Italia sucede con el americano del Sur que por allí se aparece alguna vez. Dije más arriba que no es fácil que en los Estados de la península encuentre compatriotas, pero en desquite hallará quien haga sus veces gallardamente; y serán todos los italianos restituidos al nativo país después de haber hecho fortuna en el nuestro. No conozco muchos países extranjeros, pero creo haber viajado lo bastante para conocer que tal vez no hay emigrado europeo más agradecido que el italiano, al país en que labró su fortuna. Sería perderme en digresiones el narrar los actos de atención de que fui objeto y debí a la hospitalidad cariñosa de los señores Ferrari, Garda, Barabino, Bottaro, etc., por la sola circunstancia de ser americano, del país en que ellos residieron alguna vez.

XVII

Alrededores de Génova. Un paseo de campo. Caminos de Italia; son alamedas en vez de rutas. Empresas de ferrocarriles. Una noche en el campo. Hallazgo de un compatriota; un mate de yerba paraguaya. La mañana en Italia. La naturaleza es allí más bella, pero menos grandiosa que en América. Parte que en esto tiene la imaginación. Costumbres religiosas de los aldeanos. Iglesias campestres. Trajes locales. Conducta de las mujeres. Salarios. Industria aldeana. Efectos del ferrocarril

Después de recorrer a Génova en el recinto de sus fortificaciones, quiero visitar sus alrededores y campiñas. En Génova, como en otras ciudades fortificadas de Europa, se llama campaña a todo lo que está fuera de sus murallas. Como a nueve millas de la capital, en el encantado valle de la Polcevera, hay un pueblecito llamado Pontedecimo, por medio del cual atraviesa sus aguas bulliciosas un arroyo que tiene por nombre el Ricó. En este pueblecito tenía su casa y familia el señor Barabino. Con una benevolencia que recuerdo con placer, el señor Barabino me invitó a pasar dos días en su casa de campo; «hallará usted allí, me dijo, además de una linda aldea, dos cosas que no dejarán de interesarle: un joven de Buenos Aires, que conoce a usted, y un mate de yerba paraguaya». El convite no podía ser más lisonjero; no trepidé, pues, en dejar los mármoles de Génova para trasladarme a Pontedecimo. El 10 de junio, a puestas de Sol, nos pusimos en marcha por el camino que conduce a Novi. Era el primer camino de Europa que iba a transitar. A unas tres o cuatro millas de marcha por una alameda o paseo, cuyas bellezas me impresionaban tan vivamente como lo habían hecho antes los edificios de la ciudad, pregunté hasta dónde se extendía aquel sendero de jardines y palacios; y mi compañero me contestó sin vanidad: «hasta la frontera de Italia; así son todos los caminos de este país». Más tarde he visto que el genovés dijo la verdad. Yo no he visto en Francia sino los caminos de fierro que puedan compararse en consistencia, propiedad y belleza a los de Italia. Los que detractamos a la Italia porque no tiene libertad política, como si la poseyésemos nosotros muy arraigada, ¡qué diríamos al comparar sus caminos y puentes, que siempre están como recién acabados, en incesante y asidua reparación, con nuestras rutas que solo se distinguen del campo inculto en que no hay árboles ni peñascos que obstruyan el paso! Pero la abyecta Italia, como la llamamos desgraciadamente, nosotros, pueblos sin camisa, piensa en más que esto todavía. Sus poéticos caminos comienzan a suplantarse por caminos de fierro. El de Novi, que en aquella tarde nos llevaba a la Polcevera, debe ser reemplazado por un ferrocarril, que va a poner a Génova en contacto con Milán, centro capital del reino lombardo-veneciano; su plan, presupuesto y fondos estaban listos a mediados del año de 1843.

Por este camino recorrimos la ribera del Poniente, distrito denominado Sampierdarena, hasta la ruta que, tomando al Norte y dejando a un lado el puente Cornigliano, se prolonga por el Stradon de los Olmos. En todo ese trayecto es más que un camino, una magnífica calle con raros intervalos huecos en los costados, poblados casi incesantemente de casas de muchos pisos, cercadas de explanadas graciosas y vergeles que dan entradas a soberbios palacios, habitados con predilección, en otra época, por los grandes de Génova. Al cambiar de curso, dejando a la espalda la ribera del poniente, el camino sigue su trayecto por el fondo de un valle, formado por las pendientes de dos sistemas de colinas, donde la belleza del cultivo disfraza un terreno árido y mezquino. Y sin embargo, este valle, que es el de la Polcevera, es uno de los parajes más fértiles del ducado de Génova. Por lo general, su aridez es tan grande que se cuenta entre las causas que despueblan este país. Se cree que este fenómeno es moderno; pues Cicerón, aludiendo a este mismo paraje, alaba lo hermoso de su vegetación. Presúmese que la acción de los vientos y la edad han concluido con el terreno vegetal y que el arte sería capaz de reparar este defecto agrícola. Un poco antes de llegar al Stradon de los Olmos, se abre a la izquierda el lecho vasto y pedregoso del Ricó, cuyas dulces y cristalinas aguas fertilizan el delicioso valle y dan realce a las isletas, que, formadas en su seno y cultivadas escrupulosamente, parecen jardines plantados para la belleza de una sola tarde.

A las diez de la noche estábamos en Pontedecino, octava o novena aldea de las que cruzamos en el espacio de nueve millas; alojados en una habitación alta, por cuyo pie pasan recostándose las aguas murmuronas del Ricó: conversando en español (esto es hallazgo en Italia), con el americano, en quien hallé nada menos que un pariente paterno, estando a sus datos genealógicos. En el Palacio Balbi me habría sentido menos agradablemente alojado, que me consideraba en el seno de aquella modesta familia, donde hallé la cariñosa sinceridad, que no se vuelve a ver en el extranjero, luego que se ha dejado el suelo de la patria. A cerca de tres mil leguas del Paraguay, tuve el placer de tomar mate preparado con su más rica yerba: moderno té de esta India Oriental de América, que los sabios jesuitas libaron por primera vez, y que el sabio Humboldt ha puesto más alto, en calidades, que el mismo té de Indostán.

A las cuatro de la mañana, ya de día, se abrieron las ventanas de mi habitación: y, no bien despiertos, sentí la impresión del aire sahumado de aquella dulce comarca, que entraba fresco y cargado de las armonías del canto religioso entonado por una procesión que a esa hora salía de la iglesia del distrito para visitar al Santuario de la Victoria, distante seis millas y situado en la cima de un monte vecino. Se mezclaba a la armonía de la hora con los perfumes y la música religiosa, el hablador susurro de las aguas del Ricó y los gorjeos recién conocidos para mí, del ruiseñor.

Seguramente que la naturaleza es bella en Italia; pero es necesario no desconocer que los prodigios de esa belleza son casi exclusivamente obra del arte y labor del hombre. Sin aquella tierra, creada y fabricada por la mano de la industria, digámoslo así; sin aquellos árboles sembrados, educados, alineados por el arte; sin aquellos edificios de perspectiva tan graciosa, aquel país sería bello todavía indudablemente, pero de una belleza no mayor que la familiar a España, África o América. ¡Oh! En cuanto a la América, es cosa enteramente distinta.

Yo haré siempre justicia a todo cuanto se diga de la hermosura de ciertos países meridionales de Europa; pero al hablar del ponderado cielo de la Italia, diré que los lagos de la Suiza son menos risueños que los blancos raudales del Paraná, sembrado de floridas islas, y desnudos sus horizontes de montañas que le quiten la luz: diré que los torrentes y accidentes sublimes de la Saboya, tan parecida a la Grecia, según M. Chateaubriand, me han parecido menos grandiosos que los que ofrece Tucumán, donde el arte italiano podría encontrar tipos de imitación que la fantasía humana es incapaz de concebir. Es que a la belleza de América falta el manto prestigioso de la celebridad, ese lustre dado por la mano del tiempo, y que presta a los objetos el auxilio de la imaginación partidaria eterna de la belleza lejana y de los encantos pasados, y muy especialmente la magia de poeta, que hace subir el azul del cielo y el bermejo de las rosas. No sabemos cuánto debe a esta hora el arte europeo a las magnificencias naturales de América: pues baste decir que en ellas bebió sus más grandes inspiraciones el autor de Atala y los Natchez, decano y maestro de los poetas de este siglo. Mientras que al cantor americano le sucede a veces que escribe versos sobre la Luna de Italia, a la luz de la Luna de América, que suple a su lámpara; paseando por sobre azucenas y yerbas sahumadas, lee con entusiasmo las descripciones de la Suiza; y recostado bajo las florestas del Paraná, sueña en los prodigios de Oriente, mientras los pájaros dorados cantan a su oído y se pasean por sus miembros embargados por el sueño.

Era un día domingo, y me felicitaba de esta circunstancia que me procuraba la ocasión de observar la manera con que las gentes del pueblo llenan aquel día religioso. Allí no se ve, como en nuestras aldeas pastoras en días semejantes, esas asambleas de hombres a caballo, que vienen de oír misa desde lejos en la única iglesia del dilatado distrito. El aldeano de Europa nunca anda a caballo; así como el del Plata, jamás va a pie. Los caballos se destinan para tirar carruajes exclusivamente o se montan por personas acaudaladas. Tampoco se embriagan en las tabernas los campesinos para celebrar el día festivo, acabada la misa, como suele verse en las aldeas americanas. Allí el hombre del pueblo está tan familiarizado con el vino o cerveza como el de nuestros países con el agua. Las iglesias abundan, tal vez por lo mismo que las distancias se andan menos cómodamente. En el distrito comprendido entre San Blas y San Cipriano (cuatro millas), había cuatro iglesias, de las cuales, la más humilde igualaba en conveniencia y elegancia a muchas de nuestras iglesias principales de América. Estamos muy orgullosos de las riquezas que poseen nuestros templos en piezas de oro y plata; las minas de México, del Perú y Chile han dado esta fama a los establecimientos del culto católico en América. Lo que hay de real en esto es que nuestras iglesias son bien mezquinas y pobres de ornatos costosos, si se comparan con las más simples iglesias de Italia; el país del oro y la plata, hace más consumo del cobre y los falsos metales, que la Europa sin riquezas metálicas, según nuestra opinión americana.

A las ocho de la mañana, las aldeanas se retiraban de misa, vestidas con géneros de fuertes colores (la aldeana es la misma en todo el universo, en su amor por los colores gritones); y todas tapadas con un largo chal blanco, de punto transparente, llamado pesoto; es el rasgo característico de su vestido de gala. Ninguna lleva sombrero, por temor de ser calificada por el mordaz vecindario como aspirante a pasar por gran señora. Las genovesas de la clase ínfima y media son recatadas y honestas, en lo tocante al comercio de los dos sexos, más bien que fáciles como falsamente las han supuesto los extranjeros que han juzgado a Génova, por el carácter de algunas capitales de la baja Italia. Más que al influjo monacal, tan grande en Roma como la depravación del pueblo ínfimo, es debida esta buena disposición de las genovesas a las habitudes de su vida laboriosa, ocupada y sobria. La policía, esta llaga de los países esclavos, suele hacer el bien de limpiar la sociedad de ciertas industrias que la afrentan.

El salario del jornalero es mezquinísimo en Génova; un trabajador sin oficio especial, gana apenas 30 sueldos por día (poco más de 2 reales) en la labranza del terreno; el de un obrero con oficio, de poco más de 2 liras nuevas al día (poco más de 3 reales). Yo que dejaba el salario de los trabajos de este orden a peso y 10 reales en Montevideo, no pude menos que compadecer al proletario de Italia. En invierno se consagra al servicio de transporte, en que a veces gana lo mismo, cuando no tiene que refugiarse en el seno de su

hogar a vivir con su escasa polenta (harina de maíz) y casta-
ña que a la vez es leña; dos alimentos de que se compone la
subsistencia ordinaria del pueblo ínfimo. Dentro de la ciudad misma el hombre de ínfima clase vive de un pedazo de
pan por la mañana, otro a medio día y una sopa a la tarde.
El salario de la mujer (que allí trabaja en fábricas y cemen-
teras a la par del hombre) en la filatura de la seda, es de 7 y
8 sueldos por día, las más jóvenes; el de las más capaces no
excede del duplo, es decir, de 16 sueldos, equivalentes a un
real fuerte.

Las aldeas como Pontedecimo, situadas casi siempre sobre los bordes del camino público, son otras tantas Génovas
en su modo comercial de subsistir, mediante el tráfico incesante que se practica por la ruta real. Esto hace creer que
la línea proyectada de comunicación por caminos de fierro,
hará mover el asiento de estas poblaciones, que se verán en
la necesidad de trasladarse a los bordes de las nuevas rutas, abandonando las actuales. Así el sistema de los caminos
metálicos, que busca el nivel, hace salir de su quicio a los
pueblos y cambia la geografía a las naciones.

Después de dar tres o cuatro repasos a Pontedecimo, de
visitar sus iglesias, sus puentes, sus molinos; entre sus fábricas de seda, la famosa de Morelli y Cía; de conversar con su
ilustrado boticario, el señor Lebrero, con su médico el doctor Buffido; de oír a su primer músico David Balbi, director
de orquesta, de edad de doce años; de ver a la vecina Sestri y
su linda gruta, saludé al Monte Sigogna que oculta al Apeni-
no y domina a Pontedecimo, para regresar a Génova, a esta
Génova de que tanto he hablado y que es necesario dejar
para trasladarme a Turín.

XVIII

Últimos recuerdos de Génova. Santa Catalina de Fieschi: su capilla, su cuerpo conservado, su merecida canonización. Hospital de Pammatone. El «Manicomio», hospital de locos. Un domingo en Rivarolo. Arrendamiento de los palacios. Bajo precio de las comodidades para el extranjero que lleva dinero. Último día en Génova; postreras flores de hospitalidad. Partida. La noche en viaje. La diligencia. Pasaje por Novi; llano de «Marengo». Alesandria. Asti: patria y casa de Alfieri. Los Alpes. El «Dusino». Moncalieri. El Po. Turín

Hablaré de la última curiosidad, para dar fin, del último domingo y del último instante pasados en Génova. Estas tres cosas me recuerdan tres amables sujetos y tres atenciones recibidas por mi parte. Los actos de hospitalidad son bellezas morales del país, que la gratitud del viajero debe consignar siempre en sus apuntes.

Como no siempre el extranjero encuentra a mano sabios y arqueólogos por cicerones, le es necesario dejarse conducir a veces a donde se le quiere llevar y ver lo que se le quiere hacer ver.

—¿Cuál de las preciosidades de Génova me haría usted visitar en estos días que me restan? —pregunté a mi amigo Barabino.

—La más portentosa —contestome sin titubear.

—Pero he debido verla ya: veamos ¿cuál es esa?

—La momia de santa Catalina de Fieschi. Una santa tan célebre, conservada con sus facciones y cuerpo intactos, era un espectáculo demasiado nuevo e interesante para mí, católico de creencia y nativo de un país que no es patria de ningún santo, para que dejase de aceptar la invitación con entusiasmo. En efecto, a las doce de ese día estábamos caminando hacia el hospital de Pammatone. Al lado de la iglesia de Santa Anunciada, hay una capilla que lleva el nombre de santa Catalina de Fieschi, su fundadora, y está consagrada al depósito de los preciosos restos de esta santa. En el extremo opuesto en que está el altar principal, de mármol todo, conteniendo una bella estatua del santo crucifijo, se alza un encumbrado altar, sobre el cual descansa una caja cuadrada de cristal bajo la curvatura de un arco formado con rayos metálicos bañados de oro, que contiene el cuerpo de la santa; está extendido de espaldas, con el rostro, las manos y los pies desnudos; el resto del cuerpo vestido de soberbio raso blanco; los dedos de la mano derecha, que está sobre la izquierda, y ambas sobre el pecho, cubiertos de valiosos anillos. Una rosa colocada en la boca, oculta esta facción tal vez desfigurada por el tiempo. Consérvanse casi intactos sus pies y manos; y en los lineamientos de su frente dura todavía no sé qué gracia fresca, que acompaña al rostro de una mujer hermosa. Se alzan sobre la urna dos ángeles que coronan de consuno el corazón santo de la heroína. Cuatro estatuas en mármol de bellísimo estilo, representando diferentes ángeles, cercan el lecho brillante en que duerme la más noble de las mujeres nobles. Esta mujer mereció su canonización y es digna del culto de que goza. No la obtuvo por el ejercicio de una devoción externa, estéril a la humanidad, y que solo cuesta el sacrificio del tiempo gastado en rezar y vivir en las iglesias. Noble de nacimiento, rica por condición, desertó su rango, sus relaciones, la mano ilustre de un noble consorte, para consagrarse a servir personalmente a los enfermos del hospital; y en esta ocupación verdaderamente santa, pasó y concluyó su vida de filantropía y de caridad; su vida de cristianismo y religión, digámoslo mejor, porque no hay cristianismo sino en la práctica de la caridad. Es el tipo de la verdadera santa; merece el culto del universo, y no habrá hombre, de cualquier creencia que sea, que no baje sus ojos con respeto ante su altar. Bien, pues, este corazón había nacido en Génova, tan inmerecidamente llamada inhospitalaria.

Hay pocos pueblos en efecto que excedan a Génova en el número y magnificencia de sus establecimientos de beneficencia y caridad costeados y sostenidos con donativos piadosos. El celo y pureza de su administración, la solicitud del servicio, la inteligencia que preside a su dirección, ha recomendado más de una vez estos establecimientos como modelos destinados a corregir el ejemplo de esas casas de inhumanidad, que, con el nombre de hospitales son, en países como los nuestros, antesalas precisas de los cementerios y panteones. He cruzado uno de los salones del hospital de Pammatone. La alegría, el aire de limpieza y conveniencia, lo blanco de los cortinados, no sé qué tono consolador de familia, circunstancias de una buena clínica, más necesarias que todos los medicamentos, daban a aquella casa el aspecto de un refugio de verdadera salud y resurrección. Este hospital contenía 850 enfermos, adolescentes casi en su totalidad de sífilis y pulmonía, las dos plagas que afligen a Génova, cuando el cólera está ausente.

El Manicomio, nuevo hospital de locos, edificio de colosales proporciones y maestra arquitectura, revela en su fundación más que un gran pensamiento de caridad, una alta idea médico filosófica sobre el tratamiento de las enajenaciones mentales. Contenía el día que le visité, unos 240 enfermos de distintos rangos y sexos. En el año precedente habían curado radicalmente y salido del hospital, a razón de 15 % de personas. Cuenta como 600 alojamientos de los que una gran mitad se destina para los enajenados. Entre las causas más conocidas de la locura en Génova, figuran como más frecuentes las de orden moral y social.

El último domingo de mi residencia en Génova lo pasé en Rivarolo, pueblecito de campo que, en la ribera del poniente, sigue al de Sampierdarena. El señor Collano, socio de la casa del señor Grendi, uno de los primeros capitalistas de Génova, a quien estaba yo recomendado, llenando las atenciones de orden en honor de la casa americana que me introducía, me favoreció con una invitación para pasar un día en su casa de campo. Era ésta uno de los más modestos palacios situados en el valle de la Polcevera. Este edificio, compuesto de más de treinta piezas elegantes (bien entendido que nuestra elegancia arquitectónica es incapaz de dar idea de lo que esta palabra importa en Italia), con patios, jardines, glorietas, acequias, fuentes, viña y mil plantas frutales, costaba de arrendamiento anual al señor Collano 1.200 francos, la mitad casi de lo que en la ciudad costaría el arrendamiento de uno de los más bellos. Los de la campaña (a dos o tres millas de Génova), arrendados con viñedos, dan casi siempre un buen producto. Las condiciones usuales con que se hace el trabajo agrícola en casos semejantes, consisten simplemente en tomar peones que se hagan cargo del cultivo de la viña y trabajen sin otra compensación que el permiso que obtienen del principal arrendador, de sembrar trigo y habas en su provecho; nunca faltan pretendientes que se reputan dichosos en conseguir este advenimiento. De este modo, una familia de medianas comodidades logra pasar una mitad del año en el campo, en magníficos alojamientos, que cuestan regularmente lo que producen. En la señora de Collano, tan joven y bella como su digno marido, traté una de las hermosuras de Génova y de sus damas más distinguidas. Como todas las de su sexo hablaba francés perfectamente, y en esta lengua sostuvo la conversación de todo el día con los distintos convidados. Terminada la comida, que, en Génova, como en toda la Europa adelantada, es frugal y breve, dimos un paseo por la cima de la colina que se levanta entre la Polcevera y la Turbela; dos torrentes sembrados en sus orillas de blancos edificios, que parecen aves descendidas a beber de sus aguas. Llegados a la iglesia de la Misericordia, situado en lo más alto de la colina, nos entretuvimos un bello rato en ver a los aldeanos que se reunían a oír la plática; en contemplar el delicioso país dominado por aquella altura, y en hacer preguntas a un profesor de lengua italiana, que solo sabía contestar en el más rudo dialecto genovés. A poco rato dejamos aquellos lugares, aquellas gentes, aquellos asuntos de conversación que no debía volver a ver ni oír en mi vida. Así pasé el último de los tres domingos que residí en Génova. Hablaré ahora del último instante.

Después de una comida festiva y ligera en el Restaurant de Milán, último obsequio que mi compañero y yo recibimos de los señores Pellegrini y Monteroso, jóvenes abogados del más alto rango en saber y ciencia jurídica; después de tomar café a toda prisa en el Café de la Posta, partimos desde nuestro alojamiento, acompañados de nuestros galantes amigos, cargados de sus regalos literarios, hasta la oficina de la diligencia para Turín, cuya salida no quisieron esperar y nos metieron en un coche en que fuimos a aguardar la diligencia en un café de Sampierdarena donde recibimos sus amorosos y últimos besos de amistad. Prescindiendo del lado personal de este rasgo, se comprenderá que le he trazado sencillamente como un medio de dar a conocer con los colores de la verdad el espíritu de hospitalidad con que la juventud italiana recibe en su país las visitas que le envían las repúblicas del nuevo mundo.

Eran las seis de la tarde, cuando desde el coche en que con nuestros alegres amigos, volábamos por la Strada de la ribera, dirigí la última mirada a la bahía en que había fondeado el Edén aquella noche, cercana todavía, de tantas ilusiones; contemplé por la última vez el suntuoso cuadro que desde ese punto ofrece la ciudad de mármol, y el agitado mar Mediterráneo, cuyas olas subían hasta la altura de las murallas en que se despedazaban. Internándome en Europa, me alejaba no sin tristeza de la ola benigna que me había traído a la Italia y debía restituirme un día a la patria.

El viaje en sí mismo, se me ofrecía lleno de colores. Primeramente la circunstancia de ser de noche, y una noche de verano y una noche de Italia. La diligencia anda incesantemente, sin que para ello se diferencie el día de la noche: solo hay pausas momentáneas para mudar caballos, que siempre esperan prontos a la infalible diligencia. La sociedad y conversación de la diligencia, tiene su tono peculiar, como la del billar o el restaurant: es fácil, alegre, espiritual; y si hay mujeres mucho más, y si las mujeres son feas, más todavía. Esta última dicha tuve yo en mi viaje de aquella noche: la conversación italiana no cede a la francesa en gracia, agudeza y chiste. Hasta las dos de la mañana anduvimos por un camino que se prolongaba teniendo a la izquierda una alta colina casi vertical en su pendiente y a la derecha un valle profundo, por donde corre un torrente que a veces acerca sus aguas en la barranca absolutamente perpendicular, cuyo borde parece morder la rueda de la diligencia, desde cuyas ventanas son casi accesibles a la mano las cimas de los árboles que suben desde lo hondo del valle hasta el nivel del camino: el chasquido del látigo, el continuo rechinar de las piedritas que toma la rueda: el murmullo del torrente vecino, la luz de nuestros faroles que alumbraban el precipicio y las ramas verdes de los árboles, componían un cuadro que duró hasta media noche. De vez en cuando las linternas de la diligencia alumbraban las paredes de algún edificio antiguo, o de alguna aldea, situados sobre el camino. A eso de las tres de la mañana un vehemente chasquido del látigo, me despertó de una especie de amodorramiento en que a esa hora me había precipitado el sueño, que sin embargo no podía conciliar, y me hallé galopando por las calles de la famosa Novi. Allí, mientras se mudaban los caballos, en la taberna inmediata se oía la alegre algazara de los aldeanos que aún prolongaban su reunión. A poco que anduvo la diligencia, cruzamos la plaza de Novi, donde corría una fuente de mármol, cuyas aguas vimos brillar a la luz de nuestros animados faroles. Despuntaba ya el día al salir de Novi; pero mi sueño más invencible que mi curiosidad, me hizo pasar casi dormido por el famoso puente, que Napoleón cruzó con los ojos bien abiertos por el subsidio de la derrota. Al salir el Sol estábamos en la Spelletta, donde daba principio el llano de Marengo. ¡Qué bellas me parecieron, qué fértiles y graciosas se ofrecieron a mi vista en ese instante las llanuras del Piamonte! Desde mi salida de Buenos Aires, cuatro años antes, era la primera vez que veía un campo abierto y dilatado. Mi espíritu adquiría ensanche al verse fuera de montañas y sombras: todo era luz y claridad en el nuevo horizonte. A las cuatro y media de la mañana, ya con el Sol alto, estábamos sobre la pequeña ciudad de Marengo, desde donde se extiende al Levante el campo de la famosa victoria de los franceses. ¡Cuánta tristeza excitaron en mi alma aquellos solitarios y lindos árboles, esparcidos en la memorable llanura! Sin ser francés, no pude dejar de traer al pensamiento el día en que Napoleón, joven, lleno de esperanzas, dio a la Francia y a la Europa liberal uno de sus mayores momentos de gloria y un gaje de esperanza y porvenir. ¡Cuántos franceses de corazón, en mi lugar, habrían derramado lágrimas al pasar por allí en aquella mañana en que Marengo se ofrecía tan verde y animada! No se ve ya la columna que denotaba el sitio en que murió Desais.

A las seis de la mañana almorcé en Alesandria, pequeña ciudad de aspecto triste. A las ocho estábamos en Felizan, donde por haber demorado tres instantes en beber agua, hubo de dejarme la diligencia a pie, si no le hubiese dado alcance después de una carrera de tres cuadras, en una breve elevación en que tuvo que retardar el movimiento, tal es la rigidez laudable con que allí están organizadas las postas y transportes de personas.

Comimos a la una en Asti, bonita ciudad fundada por Pompeyo, y que tiene la gloria de ser patria nativa de Alfieri. Al pasar por la contrada Maestra, el caballero Zoppi, noble de Alesandria, que se sentaba a mi lado en la diligencia, me hizo notar la casa en que nació el gran trágico; enfrentados a su puerta tomé el número de ella, que es el 154 de la calle indicada. La casa es alta, de dos pisos, revocada con arena y cal; posee una gran puerta de calle que hace respetable su aspecto. Hacía una o dos horas que, desde nuestra entrada a la llanura del Piamonte, divisábamos las cimas limpias y nevadas de los Alpes; el día estaba hermoso, y las famosas montañas parecían distar un paso.

A las cinco de la tarde dominábamos la altura del Dusino, punto de vista sin igual quizás, en toda Italia, por la magnificencia y amenidad del valle dominado por él, que, extendiéndose indefinidamente hacia el Levante, ofrece como un océano de blancas aldeas, de verdes campiñas y bosques graciosos.

Para el que ha visto las riberas de Génova y las pendientes de la Polcevera, nada tiene de sorprendente la colina de Moncalieri, con sus edificios de techo oscuro y triste, y sus plantíos de aire común. Al doblar por un costado de esta colina, que toma su nombre del pueblecito de Moncalieri, situado en su extremidad Norte, empieza la entrada a la ciudad de Turín, que como la de Génova, yendo por el mismo camino, tiene a un lado pendientes pobladas de vistosos edificios, y al otro el lecho del Po. Pasé este famoso río por el puente que da curso a la gran plaza en que termina la majestuosa calle que también tiene el nombre del Po. Entrados en el gran patio de la posta, lleno de las gentes que esperaban amigos o parientes por nuestra diligencia, descendimos con la íntima confianza de que ni allí ni en todo Turín habría quién supiese siquiera nuestros nombres. Pero a dos varas de la puerta del carruaje, encontramos en el primer individuo que se encaró con nosotros, nada menos que a un íntimo amigo, nativo de Italia y largo tiempo domiciliado en Buenos Aires, el señor Ferrari, amable y excelente piamontés, que todos los jóvenes de Buenos Aires han conocido al cuidado y dirección del gabinete público de historia natural. Su sorpresa y gozo no fueron menos que los experimentados por nuestra parte con tan dichoso e inesperado encuentro. Es necesario conocer la generosa y franca efusión del carácter de este italiano, para medir el contento de que llegó a poseerse al ver en su poder a dos argentinos de su antigua estima y amistad, en el seno de su país de él y de sus comodidades, con quienes podía hablar del lejano país adoptivo, y gloriarse a su gusto haciéndoles admirar las bellezas de su brillante y lucida Turín, émula de París, a sus ojos cegados de patriotismo piamontés. Esperar al día siguiente para visitar exteriormente a la capital sarda, era demasiado esperar para nuestro Ferrari; así fue que no bien tomamos alojamiento en el restaurant de la Caccia Reale tomó posesión de nosotros dos; y sin permitirnos quitar un solo grano de polvo que cubría nuestros vestidos, nos sacó a recorrer las brillantes galerías de la calle del Po, nos hizo atravesar los salones dorados del café-palacio que lleva el nombre de San Carlos, inundados de la claridad del gas, y poblados de brillantes mujeres, y, asegurados sin medio de evasión por el uno y otro de sus brazos, mi compañero y yo fuimos conducidos y presentados en muchos círculos de damas, con la siguiente alocución: «Aquí tienen ustedes a los señores doctores americanos don Fulano y don Zutano»; dos nombres tan perfectamente desconocidos por allí como los primeros habitantes del Mogol y las dos figuras de aspecto menos doctoral que podía imaginarme. El hospitalario y generoso Ferrari prodigó en nuestras personas los más finos testimonios de su gratitud y amistad al país en que mediante su incansable laboriosidad, adquirió la bella fortuna de que hoy disfruta en el Piamonte: al italiano en todas partes he encontrado agradecido y cariñoso.

Libros a la carta

A la carta es un servicio especializado para
empresas,
librerías,
bibliotecas,
editoriales
y centros de enseñanza;
y permite confeccionar libros que, por su formato y concepción, sirven a los propósitos más específicos de estas instituciones.

Las empresas nos encargan ediciones personalizadas para marketing editorial o para regalos institucionales. Y los interesados solicitan, a título personal, ediciones antiguas, o no disponibles en el mercado; y las acompañan con notas y comentarios críticos.

Las ediciones tienen como apoyo un libro de estilo con todo tipo de referencias sobre los criterios de tratamiento tipográfico aplicados a nuestros libros que puede ser consultado en Linkgua-ediciones.com.

Linkgua edita por encargo diferentes versiones de una misma obra con distintos tratamientos ortotipográficos (actualizaciones de carácter divulgativo de un clásico, o versiones estrictamente fieles a la edición original de referencia).

Este servicio de ediciones a la carta le permitirá, si usted se dedica a la enseñanza, tener una forma de hacer pública su interpretación de un texto y, sobre una versión digitalizada «base», usted podrá introducir interpretaciones del texto fuente. Es un tópico que los profesores denuncien en clase los desmanes de una edición, o vayan comentando errores de interpretación de un texto y esta es una solución útil a esa necesidad del mundo académico.

Asimismo publicamos de manera sistemática, en un mismo catálogo, tesis doctorales y actas de congresos académicos, que son distribuidas a través de nuestra Web.

El servicio de «libros a la carta» funciona de dos formas.

1. Tenemos un fondo de libros digitalizados que usted puede personalizar en tiradas de al menos cinco ejemplares. Estas personalizaciones pueden ser de todo tipo: añadir notas de clase para uso de un grupo de estudiantes, introducir logos corporativos para uso con fines de marketing empresarial, etc. etc.

2. Buscamos libros descatalogados de otras editoriales y los reeditamos en tiradas cortas a petición de un cliente.